모든것은 가온데서 시작한다

손 우 제

모든 것은 기본에서 시작한다

실력도 기술도 사람 됨됨이도,
기본을 지키는 손웅정의 삶의 철학

모든 것은
기본에서
시작한다

손웅정 지음

수오서재

차례

담박하다.

욕심이 없고 마음이 깨끗한 상태를 말하는

단어입니다. 사전 속 이 하나의 단어 안에

제가 추구하는 삶이 다 담겨 있습니다.

단순하고 심플하게,

욕심 버리고 마음 비우고,

오늘도 그렇게 살기 위해 노력합니다.

부끄러움을
무릅쓰고

제 이야기를 한다는 것은 제게는 아주 낯선 일입니다. 걱정도 되고 무슨 말을 해야 할지 생각이 많아집니다. 내 삶은 온통 축구뿐인데……. 서점에 나가 보면 오랫동안 지식을 쌓은 사람들의 좋은 책이 얼마나 많은지 모릅니다. 그렇게 훌륭한 사람이 많은데 제가 감히 책을 쓴다는 게 가당키나 한가 의구심이 지금껏 멈추지 않습니다. 저에게 이런 기회가 주어진 것은 아마 제가 흥민이 아버지여서일 것입니다. 아들과 축구를 즐기며 과분한 삶을 살고 있습니다. 주어진 삶 앞에서 고개 숙이고 또 고개 숙이며 감사 인사를 올립니다. 흥민이가 이룬 많은 것들에 제가 숟가락을 얹는 건 아닌지 조심스럽습니다. 아버지와 아들로 강하게 결속돼 있지만, 다른 한 편으로 우리는 엄연히 다른 존재입니다.

흥민이의 축구는 저의 것이 아닙니다.

오로지 손흥민, 그의 것입니다.

흥민이로 인해 알아봐주는 분들이 생길 때마다 내가 정말 주제넘는 삶을 살고 있구나, 오지랖 부리며 건방 떨며 살고 있구나 반성하게 됩니다. 중국 속담에 사람은 이름나는 것을 두려워하고, 돼지는 살찌는 것을 두려워해야 한다는 말이 있다 합니다. 인파출명 저파비人怕出名猪怕肥. 저는 우리가 어떤 마음가짐으로 세상을 살아야 하는지가 이 짧은 경구에 담겨 있다고 생각합니다. 더욱 조심하고 조심하며 살아야 할 때 이렇게 책으로 제 이야기를 담아내는 것은 제가 책에게 받은 은혜가 너무도 크기 때문입니다. 내세울 이야기도 없고 세상에 낼 목소리도 없지만, 제 이야기 속에서 누군가에게 도움이 될 아주 작은 건더기라도 있다면 좋겠다는 생각으로 부끄러움을 무릅쓰게 되었습니다. 맹탕 속 간간이 떠 있는 작은 건더기이겠지만 부디 맛있게 드셔주십시오.

저에게 시간이 주어진 것 또한 이유라면 이유가 되겠습니다. 지난 몇 해간 참 많은 일이 일어났습니다. 유별난 시간입니다. 그중 코로나19 감염병의 대유행은 엄청난 충격이었습니다. 낯선 감염병이 전 세계를 휩쓸면서 사회 전체가 예측 불가능한 상황에 빠졌습니다. 개인적으로는 흥민이가 경기 중에 다친 적도 있었습니다. 흥민이가 부상으로 한동안 프리미어리그에서 뛸 수 없었던 시기와 팬데믹 공포가 크게 퍼져가던 시기가 겹칩니다. 부상 치료차 국내로 돌아와 숙소에 머물면서 보름간 자가격리를 해야 했습니다. 이후 흥민이와 함께 한국과 영국을 오고 갈 때마다 보름씩 자가격리를 했습니다. 두 번, 세 번 해봐도 익숙해지는 일이 아니었습니다. 일상의 모든 곳과 차단된 채 지내야 했습니다. 감옥에 갇힌 사람의 심정이 이럴까. 뛰러 나갈 수 없다는 것이 제게는 가장 큰 고통이었습니다. 그런데 제약에 묶인 생활을 하다 보니 그간 흘려 넘겼던 사소한 것들을 깊이 생각해보게 되었습니다. 되레 차분하게 생각을 정리할 시간이 생겼습니다.

사람이 살아가는 데 꼭 있어야 할 것은 무엇일까. 따지고 보면 사람이 살아가는 데는 그렇게 많은 것이 필요하지 않은 것 같습니다. 잘살게 됐다고 여기면서 인간은 꼭 필요한 것을 넘어서서 불필요한 것을 너무도 많이 쌓아두고 살아온 듯합니다. 바탕만 잘 갖추고 있어도 사람 노릇을 잘 할 수 있는데 말입니다. 자연의 거대한 질서 앞에서 우리 인간은 얼마나 작은 존재인가요. 광대무변한 우주 공간 속의 인간을 그려봐도 마찬가지입니다. 인간은 한 점 티끌에도 미치지 못할 지극히 보잘것없는 미물이라는 생각이 듭니다. 자기 자신에 취해 하늘 높은 줄 모르고 사는 사람들도 많지만, 약하고 약한 것이 인간입니다. 감염병의 시대를 살아가며 우리에게 진정 필요한 것은 건강과 신념뿐이라는 생각이 다시금 듭니다.

늦은 밤, 자가격리를 하며 머물고 있는 서울의 한 숙소에서 창문으로 바깥을 내다보면 불빛 휘황한 도시가 보입니다. 그러다 불 꺼진 밤이 지나고 아침이 되면 빌딩과 빌딩 사이로 사람들의 분주한 움직임이 보입니다. 저토록 많은 사람이 전부, 제각기 다른 생김생김을 한 우주라고 생각하면 놀랍습니다. 모두가 얼마나 소중한 존재인지 새삼 돌이켜보게 됩니다. 불 꺼진 밤의 창문을 바라보면 바깥 풍경보다 안에 서 있는 나의 모습이 더 잘 보입니다. 이 세상의 복잡한 배경이 암흑 속으로 밀려나고 거울 앞에 홀로 선 한 사람이 떠오릅니다. 미약한 하나의 티끌 같은 존재, 혹은 하나의 우주인 저 자신을 돌아봅니다.

저는 이 책에서 아버지로서의 평범한 삶을 이야기했습니다. 성공담은 아닐 것입니다. 흥민이의 프리미어리그 생활, 맏이 흥윤이와 둘째 흥민이의 올챙이 적 이야기, 우리 가족 이야기, 그동안 한사코 거부해왔던 제 지난 시절의 소소한 이야기를 담아보았습니다. 솔직해지려 했습니다.

저는 좋은 축구선수가 되고 싶었고 훌륭한 지도자가 되고 싶었습니다. 하지만 번번이 좌절했습니다. 그때 제 두 아들이 나섰습니다. "축구 가르쳐주세요!" 축구를 공놀이로만 생각하던 녀석들에게 먼저 보험처럼 다짐을 받아두었습니다. "축구, 말도 못 하게 힘들어. 정말로. 그래도 할래?" 아이들의 대답은 "좋아요!"였습니다. 몇 번이고 반복해 물었지만 답은 한결같았습니다.

그렇다면 가보자. 그때는 그것이 우리가 택할 수 있는 행복의 유일한 길이었습니다. 아이들과 함께 길을 걸으며 무척 행복했습니다. 아직도 저는 그 길 위에 있습니다.

아버지가 된다는 것은 어려운 일입니다. 아이를 낳았다고 다 아버지는 아닙니다. 아버지 노릇을 해야 아버지입니다. 내가 낳은 아이는 나와 같으면서 나와는 또 다른 존재입니다. 아버지가 된다는 것은 개똥밭에서 구르든 불구덩이에 뛰어들든 자기 자식을 위해 끝없이 책임을 지고 사랑을 쏟아야 한다는 뜻입니다. 세상의 그 무엇보다 무거운 윤리적 무게를 견뎌내야 겨우 아버지가 됩니다. 세상의 모든 아버지가 그렇게 아버지가 됩니다.

저는 이 책에서 제가 축구를 시작했던 시간들, 두 아이와 함께 운동장을 달렸던 숱한 시간들을 담아냈습니다. 멋모르고 축구를 가르쳐달라고 했던 아이들이 장성해 어른이 된 지금, 우리가 어떤 생각을 품고 어떤 마음을 먹고 살아왔는지 거꾸로 거꾸로 짚어보았습니다. 이제 와 돌아보면, 아이들이 잘 자라주어서 참 고맙다는 생각이 듭니다. 저는 이 세상에 저보다 못한 아버지가 어디 있겠나 하는 생각을 자주 하곤 합니다. 이 책은 저를 성장시킨 아이들의 이야기라고 해야 맞겠습니다. 이 책이 여러분께 도움이 되었으면 하는 마음입니다. 편한 마음으로 읽어주시길 부탁드립니다.

네 번째 자가격리를 하며, 손웅정

1 성
   찰

"인생은 한 치 앞을 알 수 없다"

폭풍우가 와도 축구

2020년 2월 16일, 잉글랜드 프리미어리그 26라운드 애스턴빌라 전에서 흥민이는 두 골을 넣었다. 골망이 출렁일 때마다 관중석에서 토트넘 원정 팬들의 우레 같은 함성과 환호가 쏟아졌고 4만 명을 넘게 수용하는 빌라파크 대형 전광판에는 'Heung-Min Son'이라는 이름이 새겨졌다. 하지만 나는 흥민이가 그라운드를 누비는 동안 마음을 졸였다. 경기장에서 뛰는 모습이 평소와는 뭔가 달랐기 때문이다. 킥오프 후 31초가 지난 시점에 흥민이는 상대팀 수비수 에즈리 콘사와 충돌하여 공중에 떴다가 떨어졌다. 그리고 착지하는 과정에서 팔을 잘못 짚었다. 흥민이는 이 경기에서 팔이 부러졌다. 90분을 뛰어야 하는데 시작한 지 1분도 안 되어 부상을 당한 것이다.

이날 경기는 축구에서 가장 재미있다는 펠레 스코어인 3대 2 승부였다. 선제골은 애스턴빌라가 가져갔다. 토트넘의 자책골이었다. 그러나 얼마 뒤 자책골을 범한 토트넘 수비수 토비 알데르베이럴트는 자신의 실수를 만회하는 동점골을 넣었다. 그리고 전반전 추가 시간, 스티브 베르흐베인이 페널티킥을 얻었다. 키커로 나선 흥민이는 골키퍼의 선방에 막혀 튕겨 나온 공을 다시 달려가 재차 차 넣어 2대 1로 역전시켰다. 후반전 들어 홈 팬들의 응원에 힘을 받은 애스턴빌라는 무섭게 토트넘을 압박했다. 애스턴빌라의 수비수 비외른 엥겔스가 헤딩으로 다시 동점을 만들었다. 토트넘은 이후 경기를 지배하지 못한 채 정규 시간을 넘겼다. 톱4 진출을 노리는 팀으로선 낭패였다. 6위에서 일단 한 계단 더 올라가야 했기 때문이다.

추가 시간도 얼마 남지 않았다. 그대로 경기가 끝날 것 같았다. 애스턴빌라가 마지막 공격을 위해 토트넘 진영으로 볼을 띄웠다. 이 공을 토트넘의 다빈손 산체스가 반대 진영으로 길게 되받아 찼다. 그 순간 흥민이는 스프린트를 했다. 동점골을 넣었던 애스턴빌라의 엥겔스가 그 공을 헛발질해 뒷공간이 열렸다. 단독 찬스를 얻은 흥민이가 각을 좁히기 위해 나온 골키퍼의 왼쪽으로 돌아나가는 킥으로 골을 넣어 재역전을 시켰고, 곧이어 종료를 알리는 휘슬이 울렸다. 종료 직전 득점에 성공해 승리의 마침표를 찍은 것이다. 흥민이는 원정 팬 관중석으로 달려가고 토트넘 선수들은 흥민이에게 몰려갔다. 원정 팬들은 팔짝팔짝 뛰며 환호성을 지르는 가운데 동료들이 몰려와 흥민이를 얼싸안았다.

여기까지가 그날의 경기 내용이다. 토트넘 팬들에게는 매우 짜릿한 날이었을 테다. 그러나 내겐 그때를 생각하면 다른 장면이 먼저 떠오른다. 그날 나는 경기장에 가지 못했다. 그날 영국에는 큰 태풍이 왔다.

애스턴빌라전 원정 경기를 하려면 토트넘은 버밍엄까지 올라가야 한다. 닷새 전 태풍 시애라가 왔을 때는 몇몇 경기가 취소된 적도 있어서 그날도 악천후로 경기가 취소될지 몰랐다. 영국은 폭풍우에 요동쳤다. 닷새 시차를 두고 태풍 시애라, 태풍 데니스가 잇따라 몰아쳐 섬나라를 뒤흔들었다. 폭우와 강풍으로 곳곳에서 항공편이 취소되고 철도가 끊기고 강물이 불어나 제방을 무너트리면서 주택가를 덮쳤다. 물이 차올라 수많은 도로가 끊어졌다. 섬나라 영국은 난파선 같았다. 방송에서는 홍수주의보가 내려진 수백 곳의 상황을 전하며 만일의 사태에 대비하라는 보도를 내보냈다. 경기가 열릴 수 있을까?

태풍 데니스의 상륙을 알리는 방송으로 영국 전역이 떠들썩했다. 하지만 경기는 예정대로 열렸다. 영국인들이 축구에 품는 열정은 상상을 초월하고, 선수들로 향하는 팬들의 간절한 마음은 누구도 막을 수 없다. 비바람을 뚫고 어김없이 사람들은 삼삼오오 빌라파크 구장으로 모여들 것이다. 토트넘이 톱4로 도약하는 발판을 마련하느냐를 가리는 중요한 경기였다.

애스턴빌라전 경기 즈음 또 하나의 뉴스도 들려오기 시작했다. 그날로부터 2주 전인 1월 31일 영국 뉴캐슬에서 코로나19 감염자가 나왔다. 중국 국적 입국자 두 명이었다. 우리나라에서 1월 20일 첫 감염자가 나오고 대략 열흘이 지난 때였다. 사흘 뒤인 23일 중국 우한에 긴급 봉쇄 조처가 내려졌다. 이어 세계보건기구도 국제 공중보건 비상사태를 선언했다. 몸은 영국에 있을지언정 우리나라 뉴스를 챙기는 나로선 이 질병의 기세가 정말 심상치 않다는 생각이 들었다. 나뿐만 아니라 대한민국 국적을 가진 사람이라면 누구나 본능적으로 위험을 감지했을 것이다. 우리는 메르스 사태를 겪으며 신종 감염병의 위력을 뼈아프게 체험했다. 멀리 고국에서 들려오는 소식은 전쟁에 대비하는 듯 심각한데, 어쩐 일인지 영국은 첫 감염자가 나왔음에도 평온했다. 중국에서는 코로나19 사망자가 1,700명, 확진자는 7만 명을 넘어서고 있을 때였다. 감염병 발생국인 중국이 먼 나라라 여겨서 그랬을까. 하지만 오늘날의 지구촌은 하루 생활권 아닌가.

신종 감염병 소식 앞에서 여러 가지 상념이 들었다. 우리나라 질병관리본부는 매일 대국민 정례 브리핑을 통해 방역 상황을 알려주었다. 덕분에 먼 이국땅에 머물면서도 감염병의 확산세가 예사롭지 않음을 알 수 있었다. 태풍이라는 자연재해에 감염병 발생이라는 재앙까지. 막연히 이곳 영국은 괜찮겠지 하고 넘겨버릴 수가 없었다. 아무리 '괜찮다'라고 뚜껑을 눌러두어도 밑바닥으로부터

'아니다'라고 물이 자꾸 역류하는 기분이었다.

이런 뒤숭숭한 상황에서 나는 흥민이에게 이번 경기는 집에서 보는 게 좋겠다고 전했다. 섣불리 길을 나섰다가 폭우로 불시에 고립되면, 나보다도 집에서 기다릴 아내가 더 크게 걱정할 것 같았다. 버밍엄으로 가는 흥민이에게 평정심을 갖도록 이번에도 "우리 욕심 버리고 마음 내려놓자"는 말로 다독였다. 팀 성적을 끌어올리고 싶어 안달하는 흥민이 마음을 잘 아는 나로서는 그것 말고 달리 할 말이 없었다. 나는 언제나 흥민이에게 짧게 핵심만 전달하려 한다. 미주알고주알 훈계하거나 훈수 두지 않는다. 프로에서 뛰는 햇수가 차츰 쌓이면서 점점 더 내가 길게 말할 필요가 없어졌다. 시즌 도중에 흥민이는 스스로 엄격하게 자기를 통제한다. 먹고 싶은 것도 놀고 싶은 것도 철저히 차단하고 오로지 축구 생각만 한다. 그런 이에게 이래라저래라 참견하는 건 부담감을 가중시키는 일이다.

2019/20 시즌 초반 토트넘은 지난 시즌에 비해 안 좋았다. 프리미어리그 14위까지 떨어졌고 급기야 감독이 교체되었다. 2018/19 챔피언스리그 결승 이후 토트넘은 좋지 않은 성적을 내고 있었다. 지난 시즌이라 해봤자 반년 전 일이고 챔피언스리그 준우승도, 리그 중하위권 추락도 모두 2019년 같은 해에 벌어진 일이다. 프리미어리그는 통상 8월에 개막해 그 이듬해 5월에 종료된다. 그리고 최고 클럽팀의 자웅을 가리는 유럽축구연맹UEFA 챔피언스리그 결승

이 6월에 열린다. 토트넘이 2018/19 시즌 챔피언스리그 결승에 오른 것은 그야말로 기적 같은 일이었다. 그러나 결승전 이후 팀은 리그에서 계속 내리막길을 걸었다. 원정만 떠나면 지거나 비겼다. 토트넘은 그때까지 10개월간 원정 승리가 없었다. 구단 역사상 최고 성적을 거둔 마우리시오 포체티노 감독에게 비난이 쏟아지기 시작했다. 포체티노는 팀에서 쫓겨나야 하는 수모를 당했다. 그의 후임은 세계적인 명장으로 꼽히는 조제 모리뉴 감독이었다. 그게 11월 20일의 일이었다.

모리뉴 감독이 부임했을 때, 프리미어리그는 일정의 3분의 1도 채 소화하지 않은 상태였다. 리그 초반이라 중위권에서 여러 팀이 각축을 벌이고 있었다. 토트넘은 5위와의 승점 차이는 3점에 불과했지만, 리그 순위 14위로 12경기에서 거둔 성적은 3승 5무 4패로 좋지 않았다. 리그 4위 맨체스터시티(25점)보다 이미 11점이나 뒤져 있었기 때문에 포체티노 경질은 나름의 명분이 있었다. 모리뉴 감독 부임 후 첫 경기는 11월 23일 런던 스타디움에서 열리는 원정 웨스트햄전이었다. 그 경기에서도 흥민이는 1골, 1도움을 기록하며 3대 2로 원정 무승의 고리를 끊고 승리를 이끌었다. 모리뉴는 남은 기간 원정 13경기에서 4승 5무 4패라는 성적으로 시즌을 마쳤다.

2월 16일의 승리는 리그 중반까지 토트넘이 거둔 세 번째 원정 승리였다. 흥민이의 경기 내용도 좋았다. 마지막까지 포기하지 않고 승부를 결정짓는 모습이 자랑스러웠다. 잘 뛴 경기였기에 내 머릿속에서 흥민이의 충돌에 대한 불안감은 부지불식간에 지워졌다. 무언가 이상하다는 느낌이 들었지만 설마 팔이 부러졌을 거라고는 생각하지 못했다. 흥민이는 경기 후 믹스트 존에서 가진 언론 인터뷰에서도 아무런 내색을 하지 않았다. 만면에 웃음을 띠며 경기에 대해 이야기했고 꽤 여유가 있었다. 그리고 그날 밤, 흥민이는 집에 돌아와서 너무 아프지만 내일은 괜찮아질 거라고 우리 부부를 안심시키고 여느 때처럼 잠자리에 들었다. 하지만 다음 날 팔의 부기는 예사롭지 않았고, 이틀 뒤 토트넘은 흥민이의 부상을 공식화했다.

어떤 이는 97분 가까이 팔이 부러진 채 운동장에서 그 격렬함을 견딘다는 게 말이 되느냐고 한다. 또 어떤 이는 경기 중에는 아드레날린이 분비되어 통증을 못 느끼기 때문에 아무렇지 않았을 것이라고 한다. 모르겠다. 이런 이야긴 둘 다 맞고 둘 다 틀리다.

선수가 항상 최상의 컨디션에서 경기를 뛰는 것은 아니다. 최상에 가깝게 컨디션을 유지하고자 애쓸 뿐이다. 그래서 평소 실력과 기본기가 중요하다. 기본기가 좋은 사람은 평균 기량으로 경기를 소화할 수 있다. 물론 몸을 다친 상태에서는 그것조차 쉽지 않다. 정신력으로 참고 견디긴 하지만, 그것도 한계치 안에서만 허용될 뿐이다. 신체가 따라주지 않는데 정신력만으로 경기를 계속할 수는 없다.

홍민이는 충돌 후 팀닥터가 들어와 체크를 할 때 이미 자신의 팔이 잘못됐다는 것을 알았다고 한다. 하지만 홍민이는 상대팀에 알리고 싶지 않았고 교체 아웃되고 싶지도 않았다고 한다. 팀 승리가 너무 필요한 시기였고, 팀에 기여하고 싶었던 것이다. 주 공격수 해리 케인, 미드필더 무사 시소코는 부상으로 빠져 있고 플레이메이커로 활약하던 크리스티안 에릭센은 이탈리아 인터밀란으로 이적한 상황이었기에 홍민이가 짊어져야 할 몫이 컸다. 팀 상황을 아는 처지에서 자신이 빠지는 것은 자존심이 허락하지 않는 일이었을 것이다.

그러나 운동경기뿐만 아니라 삶에서도 한계치를 알아야 최선의 것을 얻을 수 있다. 자신의 한계를 알아야 그 최고치에 도달할 수 있기 때문이다. 홍민이는 2월 19일 서둘러 국내로 귀국하여 병원에서 정밀진단을 받았다. 3년 전 경기 중에 다친 적이 있던 오른팔 전완골부 요골이 다시 골절된 홍민이는 21일 서울 시내의 한 병원에서 부러진 뼈의 접합 수술을 받았다. 부러진 뼈 부위를 맞추고 금속판과 나사못을 이용해 고정하는 수술이었다. 다행히 수술은 성공적이었다.

하지만 이때부터 벌써 사람들은 홍민이의 리그 복귀 시점을 논하기 시작했다. 영국에서도 국내에서도 홍민이가 언제쯤 복귀할지, 시즌 아웃된 건 아닌지 갖가지 추측을 쏟아냈다. 좋아하는 선수를 빨리 보고 싶어 하는 마음에서 나온 반응이라고 생각한다. 그러나 재활에 임하는 선수는 이 모든 것보다 중요한 것이 있다. 자신의 몸만 돌보아야 한다. 부상 회복과 재활은 지루한 여정이다. 일단 긍정적인 마음을 품어야 한다. 흥민이는 불안을 내비치진 않았다. 하지만 팀은 달랐다. 흥민이를 서둘러 복귀시키고 싶어 했다. 이제 흥민이는 토트넘에서도 고참이 됐다. 팀에 누가 되지 않으려는 마음이 강한 흥민이가 동요하는 듯했다. 티를 내지 않아도 알 수 있었다.

흥민이를 붙잡아주는 게 좋겠다고 생각했다. 늘 듣던 말도 귀에 쏙 들어올 때가 있는 법이다. 축구를 어떻게 대해야 하는지, 삶을 어떻게 대해야 하는지 생각해볼 수 있는 말, 요즘은 이게 내가 흥민에게 줄 수 있는 전부일지 모른다는 생각이 들곤 한다. 조바심이 생기기 쉬운 이런 시기에는 어떤 말을 해주어야 할까. 어릴 때부터 흥민이에게 '항상 우리 욕심 버리고 마음 비우고 살자'고 말해왔다. 그래, 조급할 게 전혀 없다. 흥민이는 토트넘에서 벌써 5년을 뛰었다. 정말 쉼 없이 달려왔다. 항상 좋을 수만은 없는 거야. 자, 이제 잠시 쉬자.

"흥민아, 멀리 보고, 넘어진 김에 쉬어 가는 거야."

진짜 중요한 것

홍민이 부상 상황을 보고 나도 시즌 아웃을 예상했었다. 이번 시즌은 끝났구나 싶었다. 선수는 간절히 뛰길 원하지만 자기 욕심대로 다 할 수는 없다. 누구보다 홍민이 자신이 그것을 잘 알고 있었다. 그 와중에 코로나19 감염병이 전 세계를 강타했다. 이제껏 겪어보지 못한 갖가지 일이 일어났다. 영국에서도 감염자가 점점 늘어나면서 수많은 사람이 감염병에 희생되었다. 정말 예상치 못한 일이었다. 도시 봉쇄가 이뤄지고 사람들의 이동이 끊겼다. 프리미어리그를 강행하던 프리미어리그 사무국도 결국 경기 중단을 선언했다.

영국만의 문제가 아니었다. 우리가 그동안 선진국이라 일컫던 나라들도 마찬가지였다. 미국, 캐나다 같은 미주대륙과 독일, 이탈리아, 스페인 같은 유럽 지역이 속수무책으로 코로나 소용돌이에 휩싸였다. 걷잡을 수 없는 확산세로 일상이 무너지고 갖가지 봉쇄정책을 썼다. 그런데도 감염병 확산세는 가라앉지 않았다. 그사이에 각국의 프로스포츠도 중단되고 말았다.

프리미어리그 사무국은 3월 13일 프리미어리그 잠정 중단을 발표하면서 4월 3일부터 경기를 재개하겠다고 밝혔다. 하지만 가능할까? 바이러스의 확산세는 우리 예상을 훨씬 뛰어넘었다. 유럽 전체에 퍼진 감염병으로 모든 것이 멈추는 지경에 이르렀다. 축구판도 예외는 아니었다. 감독은 물론 선수 가운데서도 감염 환자가 속출했다. 아무리 축구가 중요하다 해도 생명보다 중요할 수는 없다. 나는 흥민이의 시즌 아웃 정도가 아니라 리그 잔여 경기가 다 무산되지 않을까 하는 의구심이 들기 시작했다. 감독과 스태프, 선수를 희생시켜가면서까지 축구 경기를 지속할 수는 없으니까. 어쨌든 이후 석 달 가까이 경기는 열리지 못했고 그사이에 흥민이의 부러진 팔은 어느 정도 아물었다. 하지만 리그가 언제 재개될지는 알 수 없었다.

흥민이는 4월 20일 제주도에 있는 해병대 제9여단 91대대로 입소하여 3주간의 기초군사훈련을 받았다. 입소는 감염병 상황을 고려해 비공개로 진행됐다. 언젠가는 해야 할 일이었다. 빨리 의무를 이행하는 것이 낫지 않을까 싶었다. 흥민이도 적절한 시기에 무엇보다 중요한 국가의 의무를 지는 것이 좋겠다고 했다. 어린 시절부터 해외에서 많은 시간을 보낸 터라 흥민이는 한국에 머무는 것을 정말 좋아한다. 국가대표 경기는 물론 가족, 친구들과 보내는 자투리 시간도 무척 행복해한다. 훈련병 생활도 마찬가지였다. 흥민이는 기꺼운 마음으로 기대감에 차 제주도로 향했다. 어느새 이십 대 후반이 됐기에 흥민이는 자기보다 어린 병사들과 함께 훈련을 받아야 했다. 해병대 훈련이 거칠기로 유명하지만 사람들과 편안하게 어울리는 성격이니 잘 해내리라 믿었다. 흥민이는 개인화기 영점사격에서 열 발을 모두 적중시켰고 이 사실은 언론에서도 보도가 되었다. 사격의 슈팅(총쏘기)을 축구의 슈팅에 빗대면서 명사수라고 추켜세우는 기사를 봤다며 지인들이 소식을 전해주었다.

퇴소하고 다시 만난 흥민이도 자기 자신이 대견했는지 사격 표적지를 챙겨 들고 나와 가족에게 보여주었다. 하지만 나는 흥민이가 챙겨 나온 군대 물품들은 물론 그 표적지까지 정리해 버리자고 말했다. 내 행동을, 사람들은 이상하게 여길지도 모른다. 하지만 흥민이는 '우리 아버지가 그렇지 뭐'라고 대수롭지 않게 여긴다. 흥민이는 내가 하는 행동의 진짜 이유를 알기 때문이다. 내가 흥민이를 존중하지 않아서가 아니다. 정말 중요한 것은 표적지나 상장 같은 사물이 아니다. 핵심은 내가 최선을 다했고 그와 더불어 해야 할 일을 행복하게 잘 마쳤다는 데 있기 때문이다. '자신이 그 일에 얼마나 성실히 임했는가.' 중요한 것은 본질이 무엇이냐를 아는 데 있다.

나는 집 안에서도 잡동사니가 널브러져 있는 것을 극도로 싫어한다. 꼭 있어야 할 것이 제자리에 있는 것이 우리 집의 풍경이다. 잡다한 것들로 채워지는 순간 선택할 것이 많아져 우왕좌왕 시간과 열정을 허투루 쓸 확률도 높아진다.

소유한다는 것은 곧 그것에 소유당하는 것이다.
사람들은 착각한다. '내가 무엇을 소유한다'라고.
하지만 그 소유물에 쏟는 에너지를 생각하면
우리는 도리어 뭔가를 자꾸 잃고 있는 것이다.

이런 내 생각은 내가 우리 아이들과 나누어온 교감이 어떤 것인지 잘 모르는 제삼자로부터 가끔 오해를 사기도 한다. 옛날부터 그런 일이 자주 있었다. 그때마다 구차하게 일일이 다 설명하기도 어렵고 참 난감했다. 그러나 흥윤이와 흥민이는 내 행동이 기분 내키는 대로 감정에 치우쳐서가 아니라 뚜렷한 의도에서 나온다는 사실을 안다. 지금은 큰아이 흥윤이도 한 가정의 가장이 됐고 둘째 흥민이도 서른이라는 나이가 됐다. 둘 다 자기 인생을 스스로 책임질 나이다. 나는 이들을 내 방식으로 존중하며, 이들이 삶의 중심을 잃지 않도록 응원하고 조력할 수 있는 지점을 찾는다.

어린 시절 흥윤이와 흥민이가 훈련을 시작했을 때, 나는 이 두 아이를 단순히 축구 기술을 가르쳐야 할 대상으로 보지 않았다.

내가 사범대학을 나왔거나 훌륭한 교수법을 알고 있어서 그런 것이 아니라, 나는 교육이란 말에는 '가르치다'를 넘어 '기르다'란 뜻이 들어 있다고 생각했다. 축구를 가르치는 데서 끝날 게 아니라 선수로, 사람으로 길러야 한다고 믿었다. 그래서 그때 내가 중시한 것은 축구에 임하는 태도와 자세였다. 나뿐만 아니라 모든 축구 코치가 대개 그럴 것이다. 축구를 잘 습득하려면 운동능력 하나로는 어림없다. 운동능력이라는 재능을 뒷받침해줄 '성실한 태도'와 '겸손한 자세'가 겸비되어야 한다. 축구장이라는 네모난 공간은 무법천지가 아니다. 그곳도 룰(법)의 지배를 받는다. 그 공간에 들어간 사람은 누구나 엄격한 법 아래에 서게 된다. 그래서 자신과 타인의 관계를 이해하는 게 최우선이다.

영점사격 만점은 성실함과 노력의 결과이니 마땅히 기뻐해야 하겠지만, 내게는 흥민이가 157명의 청년과 함께 고된 훈련을 받는 과정에서 솔선수범했다는 사실이 더 기쁘고 고마운 일이었다. 내가 머문 그 자리에서 꽃을 피우길 바라는 마음처럼, 지금 있는 그 자리에서 매 순간 최선을 다하는 것은 매우 중요하기 때문이다. 그래야 그다음이 존재한다. 다음 단계로 나아가는 삶, 성장하는 삶이. 우리는 어쩌면 매 순간 성장하기 위해 살고 있는지도 모르겠다.

축구보다 사람이 먼저다

뜬금없는 말처럼 들리겠지만 나는 매 순간 전쟁을 치르듯 산다. 지금 가고 있는 이 길이 얼마나 위험천만한 지뢰밭 길인지 되새기며 항상 조심스러운 마음을 갖고 산다.

> 감사한 마음. 그래서 조심스러운 마음.
> 운칠기삼運七技三. 모든 것은 운이 좋아 이루어진 일이기에
> 삶 앞에서 겸손한 마음. 초심을 지키는 마음.
> 이 마음들이 나에겐 가장 중요하다.

2019/20 시즌은 정말 롤러코스터를 탄 것 같았다. 흥민이가 입은 부상도 버거운 일이지만 경기 중 상대 선수가 부상을 입는 일 역시 너무도 가혹한 일이다. 격렬하게 몸과 몸이 부딪치는 운동이

축구이다 보니 뜻하지 않게 부상을 당하기도 하고, 부상을 입히기도 한다. 나는 축구를 하면서 '축구보다 사람이 먼저다!'라고 수없이 강조해왔고 누구보다 이 철학을 철저하게 지키려 애쓰는 선수가 손흥민이라는 걸 알고 있다. 아무리 기술과 실력이 좋아도 자신의 감정을 잡지 못하면 훌륭한 선수가 될 수 없다.

영국 날짜로 2019년 11월 3일 프리미어리그 11라운드 에버턴진 원정 경기에서 흥민이는 시즌 첫 퇴장을 당했다. 하지만 퇴장이 문제가 아니었다. 후반 33분경 흥민이의 태클 이후 연결된 상황 속에서 에버턴 수비수 안드레 고메스가 오른쪽 발목 골절상을 당했다. 심각한 부상이었다. 선수들도 넘어진 고메스의 상태를 보면서 충격을 받았다. 무슨 일이 벌어진 건지 뒤늦게 상황을 인지한 흥민이 역시 엄청난 공황에 빠졌다. 흥민이는 두 손으로 머리를 감싸고 울었다. 옐로카드를 꺼냈던 주심 마틴 앳킨슨은 다이렉트 레드카드로 판정을 번복하면서 흥민이를 퇴장시켰다. 흥민이는 반쯤 넋이 나가 스태프의 부축을 받으며 경기장을 벗어났다.

공을 빼앗기 위한 격렬한 몸싸움 와중에 한 사람이 쓰러지면 반칙을 저지른 사람에게는 구두로 주의가 내려지거나 한 번 더 스포츠맨십에 어긋나는 행동을 하면 퇴장시키겠다는 경고의 옐로카드가 제시된다. 주심의 이런 판단에 따라 경기 흐름이 순식간에 바뀌는 게 축구다. 그래서 정해진 규칙 안에서 역량을 극대화할 줄 아는 것도 선수의 능력이다. 물론 선수들 사이에서는 주심의 눈을 피해 끊임없이 밀고 당기고 치고받는 보이지 않는 반칙이 난무한다. 필드 위에 서면 야수처럼 변하는 선수가 있는가 하면, 약삭빠른 꾀돌이로 변하는 선수도 있다. 축구장은 단순한 몸싸움의 장이 아니라 고도의 심리전이 전개되는 두뇌 싸움의 장이다. 먼저 내가 날 다스리지 않으면 상대를 이길 수 없다.

이는 평정심을 유지하는 데서 시작한다. 그래서 내가 가르치는 아이들에게 가장 강조하는 말이고, 흥민이 역시 마음속에 새기고 있는 말은 이것이다.

"상대가 넘어지는 것을 보면, 그 상황이 아무리
공을 툭 차면 골문으로 들어갈 수 있는 좋은 찬스라 해도
공을 바깥으로 차내라. 사람부터 챙겨라.
너는 축구선수이기 이전에 사람이다. 사람이 먼저다."

축구는 야생의 스포츠이고 인간의 원시성을 그대로 보존한 운동이다. 구기 종목 중 가장 야생적인 성격을 지녔다고 할 수 있다. 축구에 꼭 필요한 기본 장비는 둥근 공이 전부다. 간소하다. 공만 있으면 어디서든 맨발로도 축구를 할 수 있다. 달랑 공 하나만 놓고 뛰고 달리고 협력해 상대방 골문 안에 공을 많이 차 넣으면 이긴다. 축구는 이처럼 단순하지만, 한편으론 매우 거칠고 격렬하다.

경기에서 손은 철저히 배제된다. 오로지 발만 쓸 수 있다. 발의

감각을 최대한 살려 상대방 골문에 공을 많이 차 넣어야 이기는 운동경기, 다시 말해 부자연스러운 발을 가능한 한 자연스럽게 사용해 목적을 이루는 운동경기가 축구인 것이다. 이런 성격을 갖고 있다 보니 자연히 충돌이 잦고 과격해지기 쉽다. 사납게 쟁투를 하듯 달려들지 않으면 상대에게 제압당하고 만다. 제압하지 않으면 제압당한다. 축구가 우리에게 가르쳐주는 생의 이치 중 하나다. 어찌 보면 잔혹한 이치다. 하지만 그 하나만 알면 축구를 제대로 이해하지 못하는 것이다. 중요한 것은 이것이다.

리스펙트respect.

나에게 스포츠맨십을 한 단어로 표현하라고 한다면,

바로 리스펙트다.

상대 선수에 대한 존중.

같이 뛰는 선수들에 대한 존경.

치열한 경쟁 속에서 그것을 초월하는 존중과 존경이 함께 있어야 한다. 그것이 축구의 진짜 묘미이고, 축구가 아름다운 스포츠인 이유이다. 운동장 안에서 선수들 서로가 보호해주어야 한다. 본능적으로 반응하고 신속하게 판단하되, 마음을 다스리고 경쟁 속에서도 본질을 잃지 않아야 한다. 그저 공만 잘 찬다고 좋은 축구선수는 아니다.

축구 경기에 있어 태클은 없어서는 안 되는 기술 중 하나이다. 태클과 방어, 그 흐름 속에서 타이밍이 나쁘고 불운한 날은 부상으로 이어진다. 너무도 안타깝게도 그날 고메스의 경우가 그러했다. 뜻밖의 사고였다고밖에는 달리 할 말이 없었다. 경기 종료 후 인터뷰에서 마르코 실바 에버턴 감독은 흥민이가 고의로 반칙을 했다고 생각지 않는다고 말했다. 토트넘의 델리 알리는 경기가 끝난 후에도 흥민이가 라커룸에서 혼자 계속 울고 있었다고 전했다. 승패가 무의미한 경기였다. 에버턴의 주장 시머스 콜먼과 젠크 토순도 토트넘 라커룸을 찾아와 충격에 빠져 있는 흥민이를 다독이고 돌아갔다. 특히 콜먼은 국가대표 대항전에서 당한 정강이 골절 부상에서 재활한 지 얼마 안 된 선수였다. 그런 그가 "그건 사고였지, 네 잘못이 아니다"라며 건넨 위로의 말은 각별한 의미가 있었다.

 영국의 축구 전문가들은 미디어를 통해 흥민이의 다이렉트 퇴장 결정이 잘못됐다고 평했다. 심판의 판정 번복이 잘못된 것이라는 여론 역시 비등했다. 그런데도 잉글랜드축구협회는 경기 직후 흥민이에게 3경기 출장 정지를 내려 12월 1일 본머스와의 14라운드까지 결장이 확정되었다. 그러나 토트넘 구단은 이 결정에 불복해 즉각 항소했다. 결국 고메스의 부상은 착지하면서 생긴 불운한 사고였다는 주장이 받아들여졌고 흥민이가 받은 레드카드는 취소됐다. 이에 따라 협회의 징계 역시 철회됐으며 흥민이는 다음 라운드에 출전할 수 있었다. 하지만 무엇보다 감사하고 힘이 된 것은, 고메스의 수술이 성공적으로 끝났다는 소식이었다.

2019년 11월 7일 흥민이는 츠르베나 즈베즈다와의 경기에 선발로 나서서 두 골을 넣었다. 골을 넣은 후에도 세리머니를 하지 않았다. 카메라를 향해 두 손을 모아 고메스에게 미안함을 표했을 뿐이다. 많은 이가 고메스의 부상을 걱정하고 있었고 그로 인해 충격을 받았을 흥민이를 걱정해주었다. 말로는 다하지 못할 만큼 감사했다. 선수였던, 또 선수의 부모인 나는 고메스와 그의 가족이 걱정되었다. 구단 스태프를 통해 고메스와 고메스 부모님께 메시지를 전달해달라고 부탁했다. 하루빨리 쾌유되어 필드에서 볼 수 있기를 희망하는 마음을 담아 전했다. 내가 할 수 있는 일은 그뿐이었으나, 간절한 진심이었다.

고메스 역시 성공적으로 수술을 마치고 재활에 들어가 복귀를 점칠 수 있게 되었다. 우리 가족은 물론 모든 사람들이 가장 크게 마음을 썼던 것은 고메스의 선수 생명이었다. 다행스럽게도 고메스는 재활 훈련을 잘 마치고 2020년 2월 24일 시즌이 끝나기 전에 복귀할 수 있었다. 112일 만이었다. 언뜻 보면 예상보다 빠른 기적적인 복귀가 아닌가 싶을 수 있다. 그러나 고메스가 겪었을 그 지옥 같은 여정을 상상만 해도 나는 숨이 막힌다. 그가 얼마나 강한 선수인지 새삼 되새기게 된다. 고메스는 처음에는 다시 뛸 수 없을지도 모른다는 걱정에 몸을 떨었을 것이다. 하지만 부상은 받아들여야 하고 맞서 싸워야 한다. 알아도 하기 어렵다. 안다고 다

할 수 있는 것도 아니다. 정말 지루하고 고된 어려운 싸움이다. 어서 회복해야만 한다고 되뇌면서도 순간순간 밀려오는 엄청난 불안과 공포에 휩싸였을 것이다. 이 부상이 자신만의 문제가 아닌 그를 둘러싼 사랑하는 사람들과 연관된 문제임을 깨닫고 포기하지 않아야만 해낼 수 있다. 고메스는 그것을 해냈다.

얼마나 성숙한가. 나는 고메스가 피치 위에 다시 설 수 있었다는 사실만으로도 진짜 강자라고 생각했다. 모든 경쟁은 결국 자기 자신을 넘느냐 넘지 못하느냐에 달렸다. 나 자신을 극복하는 일은 다른 사람을 제압하는 것보다 훨씬 더 값지고 훌륭하다.

내가 운동장 위에서 뛰고 부딪치고 눈을 마주치며 공을 차는 많은 선수들을 존경하고 존중하는 이유는 여기에 있다. 그들은 매 순간 자기 자신과 싸우고 있다.

아들을 바라보는 아비의 마음

흥민이 경기가 있는 날이면 나는 밥 먹는 것을 포기한다. 흥민이 경기하는 날 뭘 먹었다 하면 체하지 않는 날이 없기 때문이다. 빈속으로 관중석에 앉아 경기를 관람한다. 하지만 구경하고 바라본다는 의미의 '관람觀覽'이라면 나에게는 그 단어가 맞지 않겠다. 관람석의 나는 굳어진 얼굴을 한시도 펼 수 없을 정도로 긴장하고 있기 때문이다. 같이 뛰는 심정으로 앉아 있는 것이니 어쩌면 운동장에서 뛰는 게 차라리 속 편한 길인지도 모르겠다. 굳은 표정으로 허리춤에 손을 올리고 경기를 보는 내 마음속 소리는 오직 '오늘도 흥민이가 부상 없이 행복한 경기를 마쳐야 할 텐데……'이다.

특히 프리미어리그는 거칠고 빠르고 공격적이기로 정평이 나 있다. 경기 중 수반되는 상대 선수들과의 격렬한 몸싸움이나 태클로 인한 부상도 항상 염려가 된다. 축구 경기 중 몸싸움과 태클은 경기 내용의 일부이고, 몇몇 예외를 제외하고는 대개가 악의 없는, 필요하다고 판단되는 플레이이다. 하지만 상대가 해코지를 하겠다는 마음이 없다 하더라도 워낙 격렬한 경기를 펼치고 있을 때라면 정당한 태클에도 그 속도에 몸의 중심을 잃고 부상을 입는다.

특히 흥민이의 경우 순간 속도를 극대화하여 높이 뽑아내야 하는 스프린터다. 상대 선수와의 접촉 없이 혼자 달려 나가는 순간, 허벅지 뒤쪽 햄스트링 근육이 손상되는 부상으로 이어지기 쉽다. 운동장에서 전속력으로 공을 향해 달려봤던 내 입장에서는 아들이 달려 나갈 때 더욱 마음을 졸인다. 사람들의 환호 소리가 커져 갈 때 나의 걱정은 비례하여 커진다. 살얼음판을 걷는 심정이다. 이는 소속 구단에서 뛸 때나 대표팀에서 뛸 때나 마찬가지다. 한번도 마음 편히 경기를 관람한 적 없는 나는, 내가 가장 좋아하는 축구선수의 경기를 마음 편히 볼 수 없는 운명이다. 가장 좋아하는 선수의 어떠한 경기를 봐도 감상이나 감탄을 할 수 없는, 조금은 안타까운 나만의 처지이다.

2019/20 시즌이 한창이던 지난 2019년 12월 8일 번리전 경기에서 흥민이는 단독 질주로 멋진 골을 터트렸다. 많은 사람이 그 골을 커리어 최고의 골로 꼽길 주저하지 않았다. 그러면서 내게 그 골을 봤을 때 기분이 어떠했느냐는 질문을 던지곤 했다. 하지만 역시나 나는 그 골을 감상하고 감탄할 기회가 없었다. 단지 지금은

이적한 토트넘의 5번 얀 베르통언이 번리 공격수가 띄운 공을 막아 홍민이에게 툭 떨구었을 때, 그리고 홍민이가 골을 몰고 치고 나갈 때, 그 주위로 공을 넘겨줄 마땅한 공간이 없다는 것이 눈에 들어왔을 뿐이다. 델리 알리가 홍민이보다 조금 앞선 곳에서 나가고 있었지만 패스할 각도가 전혀 나오지 않았다. 바로 그 순간 홍민이가 치고 달리는 게 보였다. 홍민이가 볼을 터치할 때마다 상대 수비수의 각도와 거리를 계산하면서 '아, 조금 길다, 아, 조금 짧다' 이렇게 혼잣말을 하며 온 신경을 집중했다. 한 번 터치하고 두 번 터치하고, 그렇게 사방의 수비수들을 피하며 상황을 모면한 뒤, 홍민이가 혼자 골문 앞에서 골키퍼를 마주하는 걸 봤다. 그때도 '침착하게, 침착하게' 하고 되뇌었을 뿐이다. 그렇게 매 순간을 집중하는 사이에 홍민이의 골이 터졌다.

그 골이 결국 2020년 FIFA 푸슈카시상으로 이어져 1년간 전 세계에서 나온 가장 멋진 골로 인정받았을 때도 홍민이를 축하하고 존중했지만, 중요한 것은 이게 아니라는 생각에 담담했다. 이 담담함이 나의 초심이고, 이것을 지키는 일이 내 삶의 근간이다.

홍민이가 넣은 최고의 골이라고 맞장구를 친다면 앞으로 더 좋은 골을 넣는 데 분명 장애가 될 것이다. 나는 홍민이가 번리전보다 더 멋진 골을 넣을 수 있다고 믿는다. 잘할 수도 못할 수도 있지만 매 순간 최선을 다하다 보면 더 나은 모습을 보여줄 수 있다고 믿는다.

손흥민의 최고의 날이 언제냐고 묻는다면
나는 '앞으로 다가올 날'이라고 답하고 싶다.
항상 낮은 자세로, 항상 발전하는
그런 날들이라고 말하고 싶다.

  꼭 멋진 골로 이어지는 건 아닐지라도 선수로서 축구장에서 자기 역량의 최대치를 뽑아내는 모습을 자주 보여주는 것보다 행복한 일은 없다. 실제로 번리전 이후 흥민이는 최상의 컨디션이었다. 하지만 그로부터 두 달이 지난 2월에 팔이 부러진 것이다. 호사다마란 말이 실감 났다. 그렇게 시즌 아웃을 염두에 두었는데 이번엔 코로나 사태로 리그가 멈추었다. 팔이 다 낫고 나니 리그가 재개되었다. 흥민이는 운 좋게 경기에 다시 나설 수 있었다. 사람 사는 게 이렇게 새옹지마다. 좋은 시절이라고 우쭐댈 필요도 없고 나쁜 상황이라고 지레 낙망할 필요도 없는 것이다.

나는 나의 축구 이야기가 싫다

　스물여덟, 나는 은퇴를 결정했다. 축구선수로는 이른 나이였다. 아킬레스건 부상이 내 축구 인생의 발목을 잡았다. 돌아보면 운이 따라 몇 번의 좋은 기회를 잡았지만, 나는 내 축구 이야기가 부끄럽기 짝이 없었다. 공도 제대로 다룰 줄 모르면서, 축구가 뭔지도 모르면서 축구선수로 뛰었던 지난 시간이 참으로 한심스럽다. 남들보다 조금 빨랐고, 악바리같이 몰아붙였고, 운동이 너무 좋아 반쯤 미쳐 있었을 뿐, 축구가 무엇인지 제대로 알지 못하는 천둥벌거숭이였다. 그때도 지금도 나는 내 축구 이야기에는 불만이 많다.

　1990년, 프로팀 일화천마에서 은퇴하면서 내 삶은 바뀌었다. 한 집안의 가장으로서 어깨가 무거웠다. 나에겐 책임져야 할 가족이 있었다. 유소년 시기 축구를 했던 제2의 고향 춘천으로 돌아왔지만 형편은 좋지 않았다. 나는 더 이상 축구선수도 프로선수도 아니었다. 별 뾰족한 수가 없었다. 무슨 일이든 해야만 했다. 절망과 방황은 내 성정에 맞지 않았다. 다 쓸데없는 일이다. 그래, 살 궁리를 하자.

정말 고생 많이 하신 어르신들이 들으면 헛웃음 칠 수도 있겠지만 축구를 하는 동안에도 또 그만둔 뒤에도 내 삶은 척박했다. 짧은 프로선수 시절 모아둔 연봉은 은퇴 후 생계에는 별 도움이 되지 않았다. 경제적 어려움은 점점 깊어졌다.

쓸 줄 아는 건 몸뚱이뿐. 월요일부터 금요일까지 춘천 국민생활관이라는 생활체육시설에서 일용직 헬스 트레이너로 일을 시작했다. 한 달간 일하고 나니까 급여로 27만 원을 주었다. 이걸로는 도저히 안 되겠다 싶어서 일이 없는 토요일과 일요일에는 공사판에 나갔다. 하루도 쉬지 않았다. 날품팔이였지만 일은 그런대로 할 만했다.

생활체육시설에 출근하면 새벽부터 청소를 시작했다. 사람들이 맨발로 들어와 운동한다 해도 이상하지 않을 만큼 티끌 하나 없이 청소를 했고, 미화원 아주머니들 청소 구역인 남자 화장실까지 락스와 장갑, 수세미를 챙겨 들고 구석구석 닦아냈다. 지금도 나는 어느 숙소에 묵거나 호텔에 가도 내가 머무는 곳 청소는 하루에 한 번씩 내 손으로 직접 한다. 까탈스러울 정도로 깔끔떠는 건 청소뿐만이 아니다. 내 삶이나 생활이나 관계, 모든 것이 지저분하고 복잡한 걸 싫어한다. 삶은 담박할수록 좋다.

지고 메고 공사판 비계를 오르면서 처음에는 누가 알아볼까 봐 내심 위축되는 기분이 들었다. 프로선수로 뛰던 손웅정이 막노동판에서 일한다고 수군대는 소리도 들려왔다. 하지만 시간이 가면서 남들이 하는 소리에 잠깐이나마 마음을 빼앗겼다는 것 자체가 부끄러워졌다. 날 때부터 프로선수였던 것도 아닌데, 프로로 좀 뛰었다고 그런 마음을 품다니 우스웠다. 일이 창피한 게 아니라 그걸 창피해했다는 것이 창피한 거였다.

살아가는 길이 하나뿐인 것도 아닌데, 왜 당당하고 떳떳하지 못했나. 내가 삶에 교만하고 오만하다는 증거였다. 왕년에 뭘 했든 처자식 입을거리 먹을거리 챙기지 못하는 놈팡이가 될 바에야 지금 내가 해야 할 일을 하는 게 중요했다. 낮은 자세로 삶을 대해야 했다. 그러자 마음이 누그러졌다. 이 공사판 막노동은 삶을 성찰하고 현재의 나를 객관적으로 바라볼 수 있는 기회를 주었다. 가족을 위해서라면 개똥밭에서 구를 수도 있고 불구덩이 속으로 뛰어들 수도 있다. 그게 가장이었다.

> 자식을 낳았다고 다 부모가 되는 것이 아니고,
> 나이가 들었다고 다 어른이 되는 것도 아니다.
> 삶은 의외로 단순하다.
> 지금 가장 중요한 것이 무엇인지 생각하면
> 답은 쉽게 나온다.

그렇게 일용직으로, 막노동판에서 일하며 살아도 남에게 꿀릴 게 하나 없었다. 다행스럽게도 자존감은 꽤 높았나 보다. 말 많고 관심 많은 사람들을 보며 속으로 외쳤다.

"나는 내 삶을 살아야 해. 당신들이 어떻게 생각하든, 뭐라고 떠들든 난 상관없어. 나에게는 아이들이 있어. 프로선수? 그건 다 옛날얘기야. 지금 내 상황은 이거고, 막노동판에서라도 벌어서 살아야 하는 게 지금의 나야."

가장이라면 가족을 부양하는 것이 첫째 의무다. 비록 내 뼈가 부스러지더라도, 당장의 내 삶과 내 생활은 없더라도 내가 책임져야 할 것들을 먼저 돌봐야 한다.

방과 후 체육교실 강사도 하고 학교 시설 관리 일도 맡아 했다. 투잡 쓰리잡, 내가 할 수 있는 일이 생기면 짬짬이 생활비를 벌어 네 식구가 살림을 꾸려갔다. 물론 형편은 쉬이 나아지지 않았다. 단칸방을 전전했고 컨테이너에서 살기도 했다. 궁핍했지만 아이들만큼은 가난의 정체를 알아채지 못하도록 하고 싶었고, 돈을 많이 버는 아버지는 아니었지만 시간만큼은 원 없이 함께 보내는 아버지가 되고 싶었다. 어떠한 계산도 편견도 없이 바라보는 두 아이의 눈이 무서워 언제 어디서든 떳떳한 아버지가 되고자 했다. 우리 아이들은 알 것이다. 공 차는 것, 체육관에서 운동하는 것, 운동장에서 뛰는 것, 사색하는 것, 책 읽는 것. 내가 좋아하는 것은 오직 이 다섯 가지뿐이라는 것을.

'눈 덮인 들판을 걸어갈 때 이리저리 함부로 걷지 마라.

내 발자국이 뒤에 오는 이들의 이정표가 될지 모르니.'

서산대사의 글귀를 가슴팍에 새기며 살고 있다.*

짧지만 너무도 큰 말이라 매일 곱씹어야 나쁜 머리로 겨우 잊지 않고 살 수 있다. 교육자에게 이보다 올바른 지침이 되는 말이 어디 있겠는가. 부모든 선생이든 코치든 감독이든 아이들을 교육하는 사람들은 이 문구를 가슴에 새겨 넣어야 한다. 여기에 모든 것이 담겨 있다. 이 말 하나 지키며 사는 것도 버거워 오늘도 허덕이는 게 아버지로서의 나다. 그게 현실이다.

---

*   서산대사의 글로 알려져 왔으나,
    조선시대 문인 이양연의 문집에 수록된 글이라고 한다.

산다는 것은, 살아 있다는 것은

죽음에 다가가는 일일 뿐입니다.

그렇게 생각하면, 삶이 복잡할 필요가 없습니다.

단순해질 수밖에 없지요.

분수에 맞게 살면

우리 인생에 그렇게 많은 것들이 필요치 않습니다.

지금도 저는 아이들과 운동장에 함께 있을 때가

가장 행복합니다.

조용한 시간에 홀로 책을 읽고 사색하는 것도 좋아합니다.

담박한 삶, 단순한 삶, 자유로운 삶.

이것이 제가 추구하는 행복한 삶입니다.

축구 무지하게 힘들어. 그래도 할래?

　우리 아이들이 축구를 한 지 어느덧 20년의 세월이 흘렀다. 길다면 긴 시간이지만 내겐 눈 깜짝하는 순간만큼 짧게 느껴진다. 아직도 천진난만하게 뛰놀던 아이들 모습이 고스란히 그려진다. 은퇴후 어렵게 생활하던 시기에 어린 흥민이가 축구를 가르쳐달라고했다. 그전까지 우리 아이들은 제 하고픈 대로 마음껏 놀기만 했다. 아직 어린아이들이었기에 무엇을 하라거나 하지 말라고 규제하지 않았다. 어떤 간섭도 받지 않고 녀석들은 매일같이 자기가 좋아하는 것만 하고 놀았다. 그런데 갑자기 축구가 하고 싶다고? 초등학교 3학년이 된 흥민이가 그런 요청을 했을 때, 솔직히 나는 열살짜리 아이가 그 말의 무게를 얼마나 알고 있는지가 의문이었다.

　"왜 축구가 하고 싶어?"

　흥민이가 내 반응에 실망했을지는 모르겠지만 무턱대고 기뻐하고 반길 수만은 없는 문제였다. 아버지로부터 본 게 축구밖에 없으니 축구를 하고 싶다고 한 건 자연스러운 일일지 모른다. 당시는 프로축구계를 떠난 지 한참이 지난 때였음에도 내 머릿속에는 여전히 온통 축구 생각뿐이었다. 지금도 내 인생에서 축구를 빼면 남는 것이 별로 없다. 하지만 그때는 누구에게도 그런 티를 일절 내지 않았다. 나는 별 볼 일 없는 선수였기 때문이다. 모든 것을 걸었던 축구장에서 더 뛸 수 없어서 그곳을 떠났고, 좋은 선수가 되고 싶었지만 뜻한 만큼 이루지 못했다. 그런 탓에 아킬레스건 부상으로 축구판을 떠난 뒤로 나는 단 한 번도 나 자신을 축구인으로 소개해본 적이 없다. 축구를 그만두었으니 그때부터는 밥벌이에 골몰해야 하는 평범한 시민이자 가장이었다.

한 사람의 생활인으로서 성실하게 내 삶과 가정을 지키고 가꾸려고 애썼다. 아니 애쓸 필요도 없었다. 운동, 청소, 책임져야 할 일, 약속한 일을 제때 하지 않고는 못 배기는 고약한 성격이 때로는 나를 성실한 사람으로 포장해주었다. 아침마다 일어나면 항상 개인 운동을 하고 집 안 청소를 했다. 막노동판에 나갈 때는 새벽 운동 시간을 확보하기 위해 3시 반에 일어나야 했다. 개인 운동과 주변 청소의 순서가 바뀌는 경우가 있긴 해도 어릴 때부터 지금까지 변함없이 계속되는 하루 필수 일과이다. 청소와 운동만큼 삶의 기본이 되는 일이 또 있을까 싶다.

운동과 청소 외에 꾸준히 해온 또 하나의 일이 바로 책 읽기다. 짬이 나면 항상 책을 펼쳐 들었다. 무식하고 배운 게 없어 그런 것이겠지만, 나는 읽고 배우고 내 안에 쌓아야 직성이 풀렸다. 지금도 공중화장실에 가서 소변기 앞에 좋은 글이 적혀 있으면 나는 그냥 나오지 못한다. 여기 좋은 글이 있으니 다른 곳에도 좋은 글이 있을 텐데, 하고 두리번거리며 찾아본다. 빈 소변기마다 적힌 좋은 글을 다 읽고 나온다. 어렸을 때부터 그랬고 지금도 그렇다. 읽고 배울 기회를 놓칠 이유가 없다.

책에는 수많은 해답이 들어 있었다. 책을 읽으면 자잘한 하루 일이 정리되고 내가 궁금해한 세상의 수수께끼가 풀리는 기분이었다. 복잡한 마음을 청소하듯 정리해주고 뒤엉켜 꼬인 문제를 하나하나 풀어 해결해주었다. 책을 읽으며 세상과 소통했고 책 속에서 마음의 힘을 얻을 수 있었다.

마음의 질서를 유지하는 기본적이고 규칙적인 일은 어려운 시기를 버틸 힘을 준다. 마음이 흐트러지면 가난과 고통도 배가된다. 스물여덟 살의 이른 은퇴에서 오는 실망과 낙담이 없었다면 거짓말일 것이다. 하지만 그 시기가 내겐 약이 됐다. 축구와 무관한 일을 해보기도 했지만 축구와의 인연은 끊길 듯 끊어지지 않는 가늘고 질긴 낚싯줄처럼 이어졌다. 그렇게 시간이 흘러 한때 나를 지도한 프로팀 감독 한 분에게서 아는 이가 새로 팀을 꾸리는데 스태프로 일해보지 않겠느냐는 제안이 왔다. 망설일 이유가 없었다. 기회를 줘서 감사했다.

그렇게 한 실업 축구팀에서 트레이너 코치로 일을 시작했다. 선수들을 보니 안쓰러웠다. 환경이 따라주지 않아서 더는 앞으로 나아가지 못하고, 그렇다고 축구를 버리지도 못하는 경우가 많았다. 열정은 프로 못지않은데 운이 따르지 않아 기회를 잡지 못한 청년들. 그러나 세상은 이들을 곱게 감싸주지 않았다. 어떤 도움을 줄 수 있을지 고민이 컸다. 훈련 지도와 선수 관리가 내가 해줄 수 있는 전부였다. 엄격히 규율을 잡고 치밀하게 프로그램을 돌리려 최선을 다했다. 그러다 보면 감독이나 다른 스태프들과 마찰이 생겼다. 다른 건 몰라도 성적에 집착하며 선수들을 혹사하는 모습에서 난 견딜 수 없이 화가 났다. 누구를 위한 성적이고 누구를 위한 우승인가. 선수를 위한 트로피가 아닌, 선수의 몸을 희생해 얻는 지도자들의 실적과 다음 스텝을 위한 발판 같았다. 아니다 싶은 건 못 참는, 내 못된 성미가 그 꼴을 견뎌내지 못했다. 모르는 체 고개 돌리면 별문제 없었으련만, 그게 잘 안 됐다. 어렵게 얻은 축구 일자리는 오래가지 못했다.

그때 오만가지 생각을 참 많이 했다. 그 가운데에는 '좋은 지도자란 무엇일까?'란 질문도 들어 있었다. 나는 좋은 지도자가 되고 싶었다. 하지만 강고한 현실의 벽에 부딪혀 더 나가지 못했다. 나는 약자였다. 아니 나는 무능했다. 내가 안쓰러워했던 청년들과 다를 바 없는 처지였다. 대체 좋은 지도자란 어떤 지도자일까?

나는 오랜 세월을 거치면서 좋은 지도자란 '기회를 주는 사람'이라고 생각하게 되었다. 기회를 준다는 말, 언뜻 보면 단순하다. 기회를 준다는 것은 선수가 운동장에 나가 뛰게 하는 것이 다가 아니다. 운동장에서 기량을 마음껏 펼칠 수 있게 도와주는 것이 진정으로 기회를 주는 일이다. 선수가 자기가 원하는 만큼의 플레이를 펼치려면 구장 안팎에서 서로 도와야 한다. 선수 개개인의 노력이 있어야 하고 또 외부 환경도 제공되어야 한다.

새가 알을 깨고 나올 때 새는 혼자 껍데기를 깨고 나오는 게 아니다. 새끼 새가 여린 부리로 껍데기의 안쪽을 쪼다가 힘에 부치면, 바로 그 순간을 포착해 어미 새가 바깥에서 도와 껍데기를 같이 쪼아준다. 이렇게 하나의 알이 깨지는 데는 상호협력이 필요하다. 안과 밖에서 같이 쪼아야 한다. 서로 돕지 않으면 새로운 세상은 생겨나지 않는다. 불교에서는 이것을 '줄탁동시啐啄同時'라고 부른다.

그런데 흥민이가 바깥세상으로 나오려고 여린 부리로 껍데기를 쪼고 있었다. "아빠, 나 축구가 하고 싶어!" 이 말이 얼마나 내 어깨를 짓눌렀는지 모른다. 선수로서나 지도자로서나 나는 나에게 만족한 순간이 있었던가. 또 우리를 둘러싼 현실의 벽은 얼마나 높고 단단한가. 이 아이를 잘 가르치고 길러낼 수 있을까. 내가 걸어온 가시밭길을 또 걷게 하는 것이 과연 옳을까. 그 짧은 순간에 갖가지 생각이 뇌리를 스쳤다. 그런 탓에 "그래, 그러자!" 하고 흔쾌히 대답

할 수 없었다. 이해할지 확신할 순 없었지만 설명이 필요했다.

노벨문학상을 받기도 한 미국의 가수 밥 딜런은 '가치가 있는 일은 무엇이든 항상 시간이 필요하다'라는 말을 한 적이 있다. 평범한 노래 수백 곡이 버려진 뒤에야 훌륭한 노래 한 곡이 나온다는 것, 그만큼 긴 시간과 큰 노력이 있어야 한다는 뜻이다. 흥민이가 축구를 가르쳐달라고 한 것은 나랑 같이 놀아달라는 게 아니라 크게 마음먹은 뭔가가 있으니 그걸 봐달라는 의미였음을 난 알고 있었다.

그런데도 되물었다.

"왜 축구가 하고 싶어?"

내가 설명을 한다고 아이가 알아들으리란 보장은 없었지만, 축구를 한다는 것의 의미가 대체 무엇인지 진지하고 정직하게 이해시켜야 한다고 생각했다.

"흥민아, 네가 하고 싶어 하는 축구가 그동안 네 맘대로 했던 공놀이와는 아주 딴판이란 것을 알아야 해."

그리고 한 번 내뱉은 말은 쉽게 물릴 수 없다는 다짐도 미리 받아두었다. 재차 되물었다. 확인하는 심정으로.

"흥민아, 축구 무지하게 힘들어. 너 그래도 할래?"

"응, 할래."

2 집
  념

"세상에 공짜는 없다"

쌀 다섯 말이
필요했다

　나는 제도권 안에서 축구를 배우고 프로로 뛴 축구선수였다. 한국 축구계의 뿌리 깊은 관행은 이미 내 온몸에 새겨져 있었다. 은퇴 후 나는 내가 그때까지 경험하고 습득한 엘리트 축구의 문제점을 하나하나 점검해보았다. 내 굴곡진 선수 생활은 좋은 샘플 중 하나였다.

　나는 어떻게 축구선수가 됐고 어떻게 뛰었던가.

　지금 내 생활의 근거지는 춘천이지만 원래 고향은 충남 서산이다. 내가 나고 자란 마을은 절간 밑에 있는 작고 외진 동네였다. 서산시 인지면 산동리. 도비산 자락에 듬성듬성 자리한 초가집들 사이에 우리 집이 놓여 있었다. 버스가 하루에 한 번밖에 안 다니는 정말로 궁벽한 곳이었다. 서산 시내까지 이십 리, 나가는 데만도 꽤 시간이 걸리고 그 당시엔 길도 제대로 닦이지 않았다. 크게 마음먹고 한참을 가야 서산에 닿았다. 그나마 자전거가 있으면 비포장 자갈길을 덜컹덜컹 안장에 앉아 페달을 밟고 괜찮게 서산에 갈 수 있었다. 그러나 그것도 해가 떠 있을 때 얘기다. 해가 지면 여지없다. 컴컴한 지옥 같은 길을 어렵게 균형을 잡고 곡예하듯 가야 마을에 닿을 수 있었다.

초등학교(당시에는 물론 국민학교라고 했지만) 3학년 때 둘째 형이 초등학교 육상부에서 훈련받는 모습을 보았다. 그게 좋아 보였던 나는 체육 선생님을 찾아가 말했다.

"저도 육상부에 들어가고 싶은데, 내일부터 여기서 육상 훈련 좀 받아보면 안 될까요?"

선생님은 쪼끄마한 녀석의 당돌함에 당황하는 듯하다가, 그러면 매일 나와서 훈련을 같이 한번 해보라고 했다. 아마 며칠 버티지 못하고 그만두리라 예상하셨던 것 같다. 하지만 나는 하루도 거르지 않고 훈련에 나갔다. 그때 나는 비로소 천둥벌거숭이처럼 그냥 뛰고 노는 것이 전부가 아니라는 것을 깨달았다. 내가 친구들과 놀 때 하는 달리기와 육상에서 하는 달리기는 달랐다. 어떻게 해야 달리는 힘을 얻을 수 있는지, 속도를 붙이는 데 그 힘을 어떻게 써야 하는지를 몸으로 익힐 수 있었다. 그리고 그때 그렇게 익힌 육상 스프린트는 축구에서 가장 중요한 요소인 스피드를 확보하는 데 큰 도움이 됐다.

축구를 만나게 된 건 정말 우연이었다.

우리 동네에서는 축구 비슷한 놀이를 흉내 내긴 했어도 제대로 축구를 해본 적은 없었다. 축구공은 구경하기도 힘든 무척 가난한 동네였으니까. 당시 나는 20원짜리 작은 공으로 공놀이를 하기 위해 학교를 다녔다 해도 과언이 아닐 만큼 공으로 노는 게 좋았다. 20원짜리 공마저도 살 돈이 없었고 그나마 학교에 가야 친구들 공으로 같이 놀 수 있었다.

하루는 동네 친구 녀석들이 "서산에서 교회 대항 축구를 하는데, 같이 가서 하루 뛰고 오자"고 제안했다. 집 근처에 있는 교회에서 면 단위 교회 대항 축구대회에 참가하려고 동네 아이들을 모으고 있던 참이었다. 교회도 안 다니는 내가 축구가 뭔지도 모르고 출전한 내 인생 첫 축구 경기였다.

친구들을 따라가 보니 교회에서 급조한 아이들 말고, 서산에 있는 초등학교 축구부 아이들도 있었다. 그날 경기에 정식 축구부 선수들도 참여할 거라고는 상상도 하지 못했었다. 나를 포함해 동네 꼬마 녀석들은 내심 긴장이 되었다. 첫 번째 경기는 다른 교회 아이들과 붙었고, 두 번째 경기는 서산에 있는 초등학교 축구부 아이들과 붙었다. 나는 맨발로 뛰었고 상대 아이들은 내가 그토록 한 번쯤 신고 싶어 했던, 그래서 아직도 기억하는 980원짜리 범표 운동화를 신고 있었다.

그런데 지금도 이해할 수 없는 것이, 이 축구부 아이들과 맞붙은 경기에서 내가 첫 골을 넣고 우리 팀이 이겼다는 사실이다. 대회에 참가하려고 동네 아이들을 모아 급조한 팀 안에서 맨발로 뛰어 축구부 아이들을 상대로 넣은 골. 이것이 내 인생 첫 골이 되었다. 아무도 기억해주지 않지만 내 기억 속에서는 어제 일처럼 생생한 내 인생 첫 골. 그렇게 그날 교회 대항 대회에서 모두가 얕잡아보던 최약체인 우리 팀이 다른 축구팀들을 제압했다.

교회 동아리 축구대회에 정식 축구부가 출전한 건 어찌 보면 반칙이지만 지금 생각해보면 동네에서 축구 좀 하는 아이들이 있을까 싶어 선수 발굴 차원에서 참여한 게 아닌가 싶다. 당시 축구부 감독인 체육 교사와 코치가 우리 경기를 관전하고 나를 따로 불러내 "너, 축구 해보지 않을래?" 하는 제안을 했다. "어떻게 하면 되는데요?"라고 물었더니, 쌀 다섯 말만 가져오면 된다고 했다. 제대로 된 운동장에서 제대로 된 신발 신고 공을 차는 축구부 아이들과 함께 뛸 수 있다니, 생각만 해도 가슴이 뛰었다. 검정 고무신을 신고 공을 찰 순 없으니 나는 운동장에서는 늘 맨발이었다. 운동화는커녕 고무신짝도 귀하던 집안 형편에 지금도 내 발에는 맨발로 뛰며 공을 차던 시기 생긴 흉터들로 가득하다.

해가 지고 나서 두근거리는 가슴을 안고 집으로 돌아왔다. 나는 아버지에게 축구를 하고 싶다고, 그러니 쌀 다섯 말만 주시면 좋겠다는 말씀을 드렸다. 아버지께서는 무슨 생뚱맞은 소리를 하느냐는 표정이었다. 생전 처음 듣는 말이었을 것이다. 그때까지 내가 무엇을 하겠다거나 무엇을 원한다거나 하는 말은 해본 적이 없었다. 그저 신나게 뛰어놀고 그냥 학교에 다녔을 뿐이다. 게다가 이제 곧 초등학교를 졸업할 것이고, 중학교에 들어가지 못한 형들처럼 나도 돈을 벌든 농사를 짓든 해야 했다. 암묵적으로 그게 내 삶의 수순이었다.

이런 판국에 축구를 하고 싶다는 내 말은 아버지 귀에 아주 낯설게 들렸을 것이다. 아버지는 아예 내 말을 못 들은 체하셨다. 꿈을 꾼다는 것은 언감생심이었던 시절, 나는 속만 탔다. 축구를 향한 열망은 조금씩 커졌고, 아버지는 그 가슴속 타오름을 이해할 수 없는 형편이었다. 시대가 그랬고 환경이 그랬다. 완강한 아버지의 반대와는 무관하게 내 마음속에서는 '해야겠어, 난 꼭 축구를 할 거야!'라는 다짐이 굳어지고 있었다. 하지만 뜻대로 일이 순조롭게 풀릴 리 없었다. 그동안 아버지와 나 사이에는 소리 없는 갈등이 계속되었다. 나는 늘 골이 난 것처럼 뚱해 있었다. 왜 내가 내삶을 스스로 결정하지 못하는 건지 답답하고 의아했다.

외삼촌 중에 장사로 자수성가한 분이 계셨다. 오일장에서 양말 같은 걸 파는 잡화점을 운영하셨는데, 그게 잘 돼서 당시에 억대 재산을 모았을 정도였다. 곧 있으면 내가 초등학교를 졸업한다는 걸 알고 외삼촌이 우리 집에 와 말씀하셨다. "이게 장사가 잘되니까, 너도 와서 장사 좀 배우자." 그때 나는 성내며 말했다. "제가 그 일을 왜 해요? 나는 생각 없어요. 그게 그렇게 좋으면 외삼촌 아들 데려다 하세요. 나는 축구 할라니까."

하루는 동네 이장님이 아버지에게 하시는 말씀을 들었다. 이장님 아들이 우리 반 친구 녀석이었는데, 이장님은 우리 아버지에게 부산 신발공장이 좋으니 거기에 나를 보내 돈을 벌게 하는 게 좋겠다고 말하고 있었다. 나는 속에서 열불이 이는 듯했다. 다짜고짜 쏘아붙였다. "그렇게 좋으면 이장님 아들더러 가라고 하세요."

집안 형편상 반쯤은 포기하고 있을 때 들은 그런 말들은 거꾸로 나의 오기를 부추겼다. 한편으로 축구를 하겠다는 내 꿈이 어른들한테는 비현실적으로 보인다는 것을 깨닫게 됐다. 생각해보면 이상할 것도 없다. 당시는 1970년대 군사정권일 때였다. 사회 분위기는 경직되어 있었고 모든 초점이 경제성장에 맞춰져 있던 시절이었다. 아이의 꿈 같은 것보다는 잘 먹고 잘 사는 것이 최고의 가치였다.

속절없이 시간이 흘렀다. 그런데 겨울을 코앞에 둔 어느 날, 장 보러 서산에 다녀오신 아버지가 대뜸 물으셨다.

"저번 때 축구 하려면 쌀 몇 말이 필요하댔지? 서 말?"

"아니요, 다섯 말이요."

"다섯 말이면 돼? 그래, 그거 해줄게. 네 원대로 해봐."

어리둥절했다. 아버지가 갑자기 왜 이러시지, 기쁘면서도 뭔가 찜찜했다. 미심쩍어하는 내게 아버지가 해준 이야기는 이랬다.

그날 서산에 간 아버지는 장을 보고 집으로 오는 길에, 찬바람에 언 몸을 녹이고 탁주도 한잔할 겸 장터 식당에 들렀다. 하얗게 김 오르는 찌개를 앞에 놓고 탁주를 한 모금 넘기려는데 옆자리에서 두 사람이 연신 떠드는 소리가 들리더라는 것이다. 처음에는 무심결에 넘기다가 나중에는 대화 내용을 듣게 됐는데, 가만히 듣다 보니 자신의 막내아들이 그렇게 하고 싶다고 노래를 부르는 축구 이야기였다. 답답한 마음에 "아, 우리 집 아들 녀석도 축구인지 뭔지 한다고 난리다" 하면서 아버지는 그 두 사람의 대화에 끼게 됐다.

인생의 재미가 이런 데 있는 걸까. 아버지가 그때 만난 두 사람이 바로 몇 달 전 나를 관찰하고 나에게 축구를 제안했던 체육 교사와 코치였다. 두 사람은 옆자리 촌부와 대화를 나누었고, 얘기를 하다 보니 자신들이 탐내며 언급했던 아이가 그 촌부의 아들이었던 것이다. 세 사람은 흥이 나서 이야기를 나누었고 아버지는 그 자리에서 막내아들을 보내겠다는 약조까지 하고 돌아왔다.

아버지가 그때 만난 두 사람이 체육 교사와 축구부 코치가 아니었다면, 내 삶은 어떻게 바뀌었을까. 아버지가 그 두 분과 마주치게 된 건 말로 설명하기 힘든 운명 같은 게 아니었나 하는 생각이 든다. 그렇지만 가장 중요한 건 아버지의 결정이었다. 아버지는 결국 외삼촌의 말도 이장님의 말도 아닌, 낯선 그 두 분의 말을 들은 것이다. 천둥에 개 뛰듯 뛰기만 하는 막내아들을 칭찬하던, 아들에게서 가망성이 보인다는 두 분의 이야기를 들은 아버지는 잠시 잠깐 본인의 형편도 잊고 불콰하게 술잔을 기울였을 테다.

그때 아버지의 마음을 지금 내가 다 알 수는 없다. 하지만 흥윤이 흥민이를 보면서 그때 아버지의 마음이 어땠는지 그려보곤 한다. 아버지는 내가 원하는 걸 해줄 수가 없어 노심초사하셨는지도 모른다. 당시의 빠듯한 살림살이에서 쌀 다섯 말은 분명 부담이 되는 일이었을 테다. 이미 두 아들을 상급학교에 보내지 못한 것이 내심 마음에 걸렸을 텐데, 막내가 보채니 이놈만큼은 제 바라는 대로 어떻게든 하게 하자고 결심했는지도 모른다.

"그 양반들이, 네가 잘 뛴다더라……."

아버지가 내가 축구를 하도록 허락한 이유는 그게 다였다. 그러나 나는 아버지가 낯선 세상에 대한 믿음이 있었다고 생각한다. 내가 살아갈 세상은 자신이 살아온 세상과 다를 것이란 사실을 알고 계셨다고. 나는 그것을 아버지의 침묵을 통해 느낄 수 있었다. 오랫동안 묵묵부답이다가 끝에 가서는 내가 원하는 것을 해주셨다.

선생들이 요구한 쌀 다섯 말은 알고 보니 합숙 때 필요한 밥값이었지만, 나중에 가서야 그 속뜻을 새삼 깨닫게 되었다. 그것은 내가 축구라는 새로운 삶으로 들어가는 데 필요한 입장료였다.

겨울이 오면서부터 나는 서산으로 축구를 하러 다녔다. 멀게만 느껴지던 서산초등학교 축구부에서 함께 훈련하게 된 것이다. 훈련을 끝내고 가는 밤길, 해 저물고 땅거미 진 귀갓길은 지옥이었다. 꽁꽁 언 비포장길은 자전거로 다니기가 정말 어려웠다. 넘어지기라도 하면 언 땅에 찍혀 살점이 팍팍 뜯겨나가는데 훈련으로 녹초가 되고 다리에 힘이 빠져 비틀거리기 일쑤였기 때문이다. 바짝 긴장해야 했다. 하지만 기뻤다. 새 삶이 시작됐다는 것을 알고 있었기 때문이다.

겨우내 나는 자전거를 타고 서산을 오갔다.

그렇게 축구는
내 인생 안으로 들어왔다

아버지는 두 형들과 나를 모두 한두 살 늦게 초등학교에 보내셨다. 아이들 교육을 때맞춰 챙기기 어려운 형편이기도 했지만, 아버지의 다른 의도는 학교에서 얻어맞고 다니는 게 보기 싫으셨다는 것이었다. 다행히 또래에게 맞고 다니지는 않았다. 하지만 아버지가 생각지도 못한 방식으로 나는 참 많이도 맞고 다녔다.

나는 중학교에 가기 위해 서산을 떠났다. 춘천의 소양중학교를 가게 된 것은 내 선택에 의해서였다. 예정대로라면 서산에 있는 중학교에 다녔을 것이다. 하지만 사람 앞일은 누구도 예측할 수 없다는 것을 그때 다시 경험해야만 했다.

서산으로 축구를 하러 다니는 동안 몸과 마음은 벅찼다. 그토록 열망한 축구를 정식으로 하게 되어 벅찼고, 또 한편으로는 2~3년간 축구만 해온 축구부 아이들을 따라가느라 벅찼다. 그러나 나는 이런 괴리가 전혀 싫지 않았다. 피곤했지만 설레었고 훈련하고 나면 개운했다. 어떻게 하면 축구를 제대로 할 수 있을까 하는 마음뿐이었다. 축구의 길로 날 이끈 두 분을 철석같이 믿고 따랐다. 새로 창단될 예정인 중학교 축구부까지 함께하기로 한 그분들께 보답하고 싶었다.

서산초등학교 축구부 감독과 코치를 다시 만났을 때 이 두 분은 내년 4월에 전국소년체육대회 축구 충남 지역예선전이 열리니 그때까지 석 달만 해보자고 했다. 생각해보면 참 답답한 이야기였다. 어떻게 3개월 연습을 해서 그 공 차던 아이들과 게임이 되겠는가. 하지만 공 차는 게 너무 좋았으니 나는 두 분이 하라는 대로 훈련했고 서산초등학교 축구부의 일원으로 대전에서 열린 지역예선전에 참가했다. 그리고 운 좋게 결승까지 올랐다.

1976년 제5회 전국소년체육대회 당시에는 지금처럼 지역 예선에서 우승한 팀이 전국대회에 나가는 게 아니라 우승한 팀의 감독이 선발권을 갖고 각 학교에서 선수를 개별적으로 선발해 혼성팀을 구성할 수 있었다. 결승에서 만난 우강초등학교가 결국 우승했고, 선발권을 가진 우강초 감독은 충청남도 초등학교 안에서 원하는 선수를 선발해 충청남도 대표팀을 꾸려 소년체전에 출전할 수 있었다.

그 과정에서 축구를 시작한 지 불과 백일도 안 된 내가 충남 대표로 뽑혀 전국소년체육대회에 나가게 됐다. 그때나 지금이나 이해할 수 없는 일들 중 하나이다.

1976년 6월, 마침내 전국소년체육대회 초등부 축구 경기가 서울에서 열렸다. 충남 대표로 나서서 동국대학교 운동장에서 다른 지역 축구팀 대표들과 경기를 할 때 모든 게 낯설고 흥미로웠다. 처음 가본 서울, 그것도 서울 한복판에 있는 대학교 운동장, 그리고 축구라는 스포츠가 주는 짜릿함, 그 체험은 두고두고 지워지지 않는 설렘을 안겨주었다. 마음 한구석에 훗날 서울의 학교에서 축구를 하고 싶다는 바람도 생겼다.

그렇게 축구 풋내기였던 나는 초등학교 선발팀으로 경기를 뛰었다. 큰 경기에 나간다는 압박과 긴장감, 내가 충남을 대표하는 선수가 될 자격이 있는가에 대한 얼떨떨함에서 오는 상념들, 이런 이중고를 겪으며 출전한 나의 첫 전국대회였다. 그때 나는 얼굴도 덩치도 작은, 아무도 거들떠보지 않는 보잘것없는 선수였다. 하지만 그곳에서 이 작은 아이의 가슴속에는 축구에 대한 열망이 충만하게 차올랐다. 그 이후의 삶 전체를 끌고 갈 축구라는 존재가 절대 뽑히지 않는 거대한 주춧돌처럼 내면 깊숙이 박힌 것이다.

초등학교를 1년 더 다니고 중학교 진학을 결정할 때가 왔다. 당시 축구붐을 일으키려는 지원 정책 아래 초중고 축구팀 창단이 각 지역 곳곳에서 활발하게 준비되고 있었다. 서산초등학교 축구부 아이들 전원은 곧 창단될 서산의 한 중학교에 입학할 예정이었다. 우리를 가르치던 감독까지 다 인계받는 조건의 계약이었다. 그런데 막상 입학하는 해가 되자 학교의 말이 달라졌다. 우리 선생님 말고 다른 지도자를 데려오겠다는 것이었다. 사립학교니까 마음대로 해도 상관없었을 테지만 나는 달랐다.

'그래? 그럼 나도 안 가. 그런 학교는 다니지 않을 테다. 약속은 학교가 먼저 어겼으니까. 감독님은 나를 축구 세상으로 이끌어주신 분이야. 나는 그분에 대한 의리를 지켜야 해.'

그때부터 나 홀로 버티기 투쟁에 돌입했다. 서류상 절차는 이미 진행됐으니 나는 그 중학교의 학생이 되었고, 약속을 지키지 않은 이 학교에서 축구를 할 수 없다는 생각에 일반 학생으로 지내며 버텼다. 축구를 하라고 뽑아놓은 녀석이 축구부 활동을 하지 않겠다 하니 회유와 협박이 시작됐다. 주로 얻어맞는 게 일이었다.

교실에서는 선생님들한테 온갖 꼬투리가 잡혀서 맞고 다시 교무실에 불려가 맞고, 교복이 어쩌니 자세가 어쩌니 하며 교문 들어갈 때 맞고 나갈 때 또 맞고 그랬다. 중학교였으니 과목별 교사들에게 돌아가며 맞았는데, 대뿌리로 만든 회초리를 들고 다니던 선생님이 특히 기억에 남는다. 꼬불꼬불하게 휘어 있는 데다 마디가 정말 촘촘하고 단단했다. 일단, 맞으면 정말 아팠다. 참으려 해도 눈물이 찔끔 났다.

그렇게 한 학기 동안 학교 안에서는 투쟁을, 학교 밖에서는 홀로 개인 훈련을 하며 버텼다. 여름방학 즈음 학교가 두 손을 들었다. 지독한 녀석, 어차피 떠날 아이라 판단한 듯했다. 체육특기자장학생으로 학비를 면제받고 입학했으니 그동안 면제받은 학비를 일시불로 계산해놓고 떠나라고 했다. 다행히 서산 시내에서 직장 생활을 하던 큰형이 돈을 마련해줘 마침내 자유의 몸이 될 수 있었다.

유년 시절은 늘 솟아날 구멍이 없던 것처럼 느껴졌다. 스스로 삶의 방향을 선택하기 위해서는 극복해야 할 것들이 많았고, 어른들의 약속은 지켜지지 않았다. 의지할 곳 없이 혈혈단신이었지만 끝까지 뜻을 굽히지 않았다. 일관성과 의리가 삶의 중요한 가치였고 타협은 없었다. 그렇게 버티다 보면 아주 작은 바늘구멍 같은 희망이 보이기도 했다.

반복되는 불합리함 속에서

내 의지를 꺾으려 짓누르던 시간을 버텨 마침내 1977년 여름, 나는 서산을 떠나 강원도 춘천에 있는 소양중학교로 전학했다. 소양중 역시 당시 전국대회를 휩쓸던 정선초등학교 축구부를 인계받으며 새로 축구부를 창단한 참이었다. 홀로 투쟁을 벌이고 있던 시기에 소양중 체육부장이 서산에 다녀갔다. 무조건 춘천으로 오라고 했다. 나름의 스카우트 제안이었다.

그때부터 춘천에서의 긴 객지 생활이 시작됐다. 중고등학교 시절 6년 동안 고향을 찾은 건 채 열 번이 안 된다. 고향에 가는 건 고작해야 1년에 한두 번이 다녔다. 뒤늦게 뛰어든 축구판에서 버티고 살아남으려면 그럴 수밖에 없었다. 고아나 다름없는 생활이 시작되었다.

예나 지금이나 축구가 좋아서, 축구를 하고 싶어서 축구판에 들어온 아이들이 이런저런 이유로 열악한 상황을 참아내는 경우가 많다. 누가 시키지도 않았는데 아이들은 선후배나 또래 무리에서 따돌림당하지 않으려고 싫은 일을 스스로 하는 경우도 많다. 이제 그런 이야기는 다 지나간 과거지사야 하며 안심하고 있다가, 매스 컴에서 아직도 그때와 똑같은 이야기가 나올 때면 우리가 도대체 지금 어디에 서 있는 건가 하는 생각에 정신이 번쩍 든다.

중고등학교 6년 동안 이어진 합숙소 생활은 먹는 것, 입는 것, 자는 것, 무엇 하나 변변한 것 없는 엉망인 생활이었다. 합숙소 생활을 하는 동안 나는 두 번이나 심한 피부병에 걸려 큰 고생을 했다. 병원에도 못 가고 약 하나 챙겨주는 이 없이 버티는 수밖에 없었다. 집에서 보내주는 빠듯한 숙소비를 빼고 나면 용돈은 따로 없었다. 밥 먹고 돌아서면 배고프던 어린 시절, 군것질도 하고 싶고 먹고 싶은 것도 많았다. 주말이면 다른 아이들은 집에서 보내 준 용돈으로 시내 빵집에서 오돌도돌 커다란 모양새의 맘모스빵을 사다 먹곤 했다. 나에겐 언감생심. 그때도 작았던 이 몸집에 고봉밥을 먹는 것으로 버티는 수밖에 없었다. 잘 먹고 잘 쉬어야 하는 한창때에 제대로 먹지도 자지도 못하는 상황이 줄곧 이어진 것이다. 오전의 학교 수업, 오후의 축구 훈련 외에 홀로 하는 새벽 훈련, 밤 훈련이 내게는 유일한 해방구였다. 훈련만이 내 숨통을 틔워주었다.

그런 생활을 하며 경기할 때가 되면 무조건 승리해야 한다는 압박에 시달렸다. 축구를 하기 위해 치러야 할 희생이라 하기에는 무언가 잘못됐다는 생각이 머릿속을 떠나지 않았다. 그러나 이 생각을 겉으로 드러내기는 어려웠다. 더 나은 내일을 위해 묵묵히 견뎌내야 할 일들이라고 생각했다. 하지만 결정적인 순간에 선수를 물건 취급하는 현실은 도무지 받아들이기가 어려웠다. 그런 현실은 축구선수만이 아니라 모든 운동선수가 어느 정도는 다 똑같이 겪는 문제였다. 지난 시절 우리의 고질병 중 하나가 바로 그 문제에 있었다고 생각한다. 조금 실력이 보인다 싶으면 그 선수의 미래는 바로 어른들의 철저한 계산 안에서 저당 잡히고 만다.

중학교에 진학하면서 겪었던 일은 한 번으로 끝나지 않았다. 중학교에서 고등학교로 진학할 때도, 또 고등학교에서 대학교로 진학할 때도 비슷한 일이 되풀이됐다. 사실 나는 중학교에 입학하면서 감독과 코치 선생님을 비롯한 소양중학교 관계자분께 고등학교는 서울에 있는 학교로 가고 싶다고 말씀을 드렸었다. 그리고 순진하게도 그것이 가능하리라 믿었다. 꼭 가고 싶었던 서울의 한 고등학교가 있었다. 나는 그곳에 가리라, 결심하고 훈련했다. 중3이 되고서야 서울행은 애당초 불가능한 것이었음을 알았다. 1972년도에 이미 '체육특기자제도'가 정비돼 있었기에 강원도 선수는 강원도 경계 바깥의 학교에 진학할 수 없었다. 난 이 사실을 뒤늦게 알았다.

돌이켜보면 참 어리숙했다. 누구도 말리지 못하는 고집불통에 외골수였다. 졸업반에 올라가기 전인 중학교 2학년 말에 아이들을 회유하는 제안이 들어왔다. 당시 강원도 고교 축구를 주름잡던 어느 고등학교에서 우리 졸업반 선수 열한 명에게 1년간 매월 2만 원씩 지급하고 전원 자기네 축구부로 데려가겠다는 비공식적인 제안을 한 것이다. 당시 2만 원은 중학생에겐 상당히 큰 액수였다. 아이들은 그 제안을 받아들였고, 나는 거부했다. 매월 말, 죽 늘어선 학교 담벼락 잣나무 그늘 아래에서 친구들이 저희끼리 돈을 나눌 때도 나는 그게 부럽다는 생각은 아예 없었다. 어차피 필요도 없는 돈이었다. 어차피 내 돈도 아니었다. 그렇게 생각하면 아쉬움은 찾아들지 않는다. 그때 당시 나는 돈보다 내 자유, 내 시간, 내 선택이 중요했다. 나는 내가 들어갈 고등학교를 내가 선택하고 싶었다.

세상에 공짜는 없다. 돈이 가면 당연히 몸도 따라가야 한다. 돈을 받는 순간 절대 자유로울 수 없다. 그때도 이 사실을 직관적으로 알고 있었다. 나는 떳떳함을 택했다. 지금도 나는 우리 축구아카데미 선생님들이나 직원분들에게 말한다. 학부모님들이 선의로 사주시는 200원짜리 자판기 커피 한 잔도 마시지 말라고. 관계란 서로 떳떳하고 깨끗한 게 좋다. 불필요한 것들이 오가며 관계 속에 챙기고 갚아야 할 군더더기를 만들 필요가 없다. 아이들 교육과 관련된 분야라면 특히 그러하다.

1년간 그 돈을 받지 않은 터라 난 홀가분했다. 3학년 말 진학 논의가 시작될 때 나는 친구들한테 "너희는 그 학교로 가라, 나는 다른 학교에 갈 거니까"라고 공공연히 말하고 다녔다. 내가 서울행이 불가능하다는 걸 인지한 후 마음속으로 정해둔 학교는 따로 있었다. 그 학교와 친구들에게 돈을 준 학교는 당시 지역 내에서 고교 축구로 강력한 맞수였다.

비가 억수로 퍼붓는 10월 어느 날, 내가 가고자 했던 고등학교에서 한밤중에 승용차 두 대를 보내어 날 찾아왔다. 날 데리러 왔다는 것이다. 깊은 밤 빗길을 달려 춘천 외곽으로 도망쳤다. 우리는 대관령을 넘지 못하고 여인숙에서 하룻밤 묵고 이튿날 강릉 시내로 들어갔다. 그 학교 사람들은 시내의 한 여관을 잡아주고 당분간 여기서 숨어 지내라며 자리를 떴다. 그사이에 소양중에서는 내가 숙소를 이탈했다고 난리가 난 듯했다. 엉겁결에 낯선 사람들을 따라 나온 터라 배가 고팠던 나는 아침부터 빵 가게를 찾아다니다가 어른 두 사람과 딱 마주쳤다. 내가 도망쳤다는 소리를 듣고 나를 잡으러 온 강원도 교육청 사람들이었다. 이렇게 내가 원하던 고등학교로의 진학 시도는 어이없이 막을 내리고 소양중학교 숙소로 돌아가게 됐다.

이게 도대체 무슨 일인가 하겠지만 당시에는 과열 스카우트 경쟁이 체육계 전반에 걸쳐 큰 이슈를 몰고 다녔다. 선수를 뺏고 빼앗겼다. 학교 측이 제안한 상급학교 진학 계획에 선수가 따르지 않으면 무기정학 처분을 내려 졸업을 막고 진학길까지 막아버리는 경우도 있었다. 선수를 납치해 연합고사를 못 보게 하거나 경기 출전을 막는 등의 납치 소동은 잠적, 실종 등의 단어와 함께 신문지면을 장식했다. 스카우트 이슈는 축구뿐 아니라 농구, 배구 등 스포츠 종목마다 비일비재하게 일어났다. 열다섯, 열여섯 그 어린 선수들이 학교와 지도자의 계획과 계산에 맞춰 움직여야 했다. 진로 선택의 문턱 앞에 서 있는 선수와 가족의 고민은 누구의 염두에도 없었다. 고질적인 문제였다.

정상인 게 비정상이던 시절, 아주 낯부끄러운 이야기다. 축구만이 아니라 사회의 여러 부분이 그랬다. 내가 살아오면서 체험한 바로는 축구도 시대의 영향을 받는다. 사회가 경직되면 축구도 경직되고, 또한 사회가 민주적이면 축구도 민주적으로 바뀐다.

납치 소동은 그렇게 일단락되고 학교로 돌아온 나는 만인의 역적이 되었다. 학교는 노발대발하며 내게 벌칙을 가했다.

"인마, 너 여기서 당장 짐 빼, 이 운동장에 얼씬도 하지 마!"

숙소에서 나가라니 날벼락이었다. 다행히도 소양중학교 수영부에 소속된 친구가 있었다. 당시 전국대회를 휩쓸 만큼 실력도 좋고 대우도 잘 받았던 그 수영부는 한 칸짜리 민가를 얻어 숙소로 쓰고 있었다. 갈 곳 없던 나는 일단 거기서 며칠간 묵기로 했다. 거기서 자고 날이 밝으면 수영부 아이들이 식당에 갈 때 따라가 밥을 얻어먹었다. 식당 창문 밑에 앉아 기다리면 친구가 배식판을 창문 너머로 떨구어주었다. 창문 아래에 앉아 밥을 먹고 식판을 다시 창문 너머로 건네주었다.

더 큰 문제는 운동이었다. 운동은 해야겠는데 학교 운동장을 쓸 수 없으니 괴로웠다. 고심 끝에 매일 소양강 근처에 있는 우두산까지 뛰기로 했다. 한국전쟁 격전지였던 이 우두산 꼭대기에는 전몰자를 기리는 위령탑인 충열탑이 있고, 그곳까지 오르는 긴 계단이 놓여 있다. 매일 이 계단을 오르내리며 훈련을 했다. 두 칸씩 세 칸씩 다리를 모았다가 점프해서 오르는 방식으로 하체 근력 훈련을 했는데, 그 훈련의 흔적이 지금 '손축구아카데미' 경기장에 남아 있다. 내가 해본 훈련을 적용해 계단 높이를 다르게 설계하는 아이디어를 그 당시 얻은 것이다. 아무리 어려운 상황이 닥쳐도 발버둥 치면 무언가가 생긴다는 것을, 삶은 가르쳐준다.

중학교 입학 때 그러했듯 고등학교 입학 문제로 나는 내가 가고 싶어 하는 학교를 고집하는 바람에 다시 불려 다니며 맞기 시작했다. 체육실에 불려가 맞기 시작하면 체육실 한쪽 모서리에서 반대쪽 모서리로 밀려날 때까지 얻어맞으며 잔뜩 훈계를 들었다. 하지만 나는 악착같이 뜻을 굽히지 않았다.

그러나 결국 소양중 축구부의 선수 대다수가 진학한 학교는 춘천고등학교였다. 춘천고는 매달 2만 원씩 학생들에게 뒷돈을 댄 학교도, 날 빼가려 납치 소동을 벌인 학교도 아니었다. 춘천고는 그해 축구부 재창단을 준비하고 있었다. 소양중의 결정은 그렇게 났고, 나 역시 학교의 결정에 따라 춘천고를 가야만 했다.

그날이 떠오른다. 고등학교에 가서 시험을 치르기 전날, 예비소집일로 시험 장소를 답사하러 가는 날이었다. 나는 춘천고에 가서 바로 교장실로 향했다. 교장실에 가 교장선생님께 내 열 손가락을 내밀며 말했다.

"제가요, 춘천고등학교에 오면 제 이 열 손가락에 장을 지질 거예요."

당돌하고 거침없던 시절이었다. 나는 그저 내 삶을 내가 선택하고 싶었을 뿐이다. 내 삶의 길목 길목마다 어리숙하나마 내가 세운 가치관과 판단을 기준으로 선택하고 싶었을 뿐이다. 내 삶인데 왜 내가 선택하지 못하는가. 그 간단한 바람이 얼마나 이루기 어려운 일인지, 일찍이 알 수밖에 없었다. 참 지난하고 반복되는 삶의 가르침이었다.

아닌 거다
아닌 건

중학교 시절 기억나는 에피소드가 하나 있다. 1980년도 개최된 제9회 전국소년체육대회는 내가 출전했던 두 번째 전국대회이다. 그해 소년체전 개최지는 바로 강원도. 종목별로 강원도 각 시별로 흩어져 경기가 진행됐는데, 축구는 춘천종합경기장에서 펼쳐졌다. 모든 스포츠 경기가 그렇겠지만 개최지에서는 우승을 위해 사활을 건다. 모든 예산과 지원이 그곳에 집중된다. 이겨야만 한다.

그해 강원도 축구팀을 꾸릴 권한은 강원 지역 예선에서 우승한 주문진 중학교에게 주어졌다. 주문진 중학교 감독이 선발권을 지녔고 어떻게 눈에 띄었는지는 모르겠지만 나도 소년체전 강원도 대표로 선발되었다. 1979년 가을, 1980년도 소년체전을 위해 열여덟 명의 선수들이 주문진 중학교에 소집되었다. 소년체전 8개월 전부터 함께 합숙하며 훈련에 돌입했다.

어릴 때 내 별명은 '연습벌레, 숙소귀신'이었다. 단체 운동을 할 때는 물론이고 홀로 하는 지독한 개인 연습 스케줄에 동료, 선후배들 모두 혀를 내둘렀다. 누가 시키지도 않는데 하루도 빠짐없이 개인 훈련을 하는 나를 아니꼽게 봤던 이들도 많다. 그때나 지금이나 내 삶에서 그런 이들의 과도한 관심은 '그러거나 말거나'이다. 숙소귀신은 연습이 없는 시간에는 다음 훈련을 위해 충분히 휴식을 취해야 하기 때문에 숙소 밖을 나가지 않아 붙은 별명이다.

어려서부터 몸에 나쁜 건 먹지도 않고
몸에 나쁜 일은 쳐다보지도 않았다.
축구를 위해 내 몸을 최적화하는 것이
그때 내가 해야 할 일이었다.
그뿐이었다. 본질에 집중하는 것.

그런 내가 1980년 2월, 주문진 중학교 합숙 숙소를 이탈해 야반 도주를 했다. 함께 차출되었던 소양중 후배와 함께. 이유는 단순했다. 나는 강원 중등부 축구 대표팀 소속이기도 했지만 그 이전에 소양중학교 소속이었다. 우리를 그해 3월에 열리는 춘계중등축구 연맹전에 소양중학교 소속으로 뛸 수 없게 막아버린 것이다. 당시 다른 지역은 어떻게 했는지 모르겠지만, 개최지였던 강원도는 '올 해 소년체전에 선발돼 주문진 중학교에 소집된 선수들은 각 소속팀 경기를 뛸 수 없다'는 내용의 공문이 내려온 것이다. 개최지에서 열리는 전국대회 경기에 최선을 다하라는 의미였겠지만 나는 납득할 수 없었다. 아무리 성적을 내는 일이 중요해도 훈련 기간 내 열리는 주요 소속팀 경기는 뛸 수 있게 해줘야 하지 않는가.

"보따리 싸."

이 소식을 듣고 후배에게 조용히 말했다. 한밤중에 후배와 나는 짐을 싼 뒤 주문진 중학교 후문 쪽 풀밭에 숨겨두었다. 주문진에서 강릉까지 가는 시내버스 첫차 시간을 확인하고 우리는 일단 잠을 청했다. 첫차는 5시 40분. 후배를 흔들어 깨워 데리고 나와 전날 숨겨놨던 보따리를 들고 시내버스에 몸을 실었다. 좁은 지역이니 어린아이 둘이 보따리를 들고 왔다갔다하는 모습이 누군가의 눈에 띄면 신고가 들어갈 수 있었다. 최대한 조심하며 움직였다. 45분 정도 달리니 강릉에 도착했다. 다시 강릉에서 춘천까지, 우리를 실은 삼용버스는 네 시간을 달려 춘천에 도착했다. 춘천에 도착하니 11시가 조금 못 된 시간. 소양중학교로 갔느냐고? 아니다. 나는 바로 강원도 교육청에 갔다. 교육청에 들어가니 보따리 짊어진 두 명의 새까만 꼬마들을 보고 한 직원이 "너네 뭐야?" 하고 불러 세웠다.

"우린 소양중학교 소속 축구부예요. 그런데 주문진 중학교에 선발돼 소년체전 준비하는데, 각 소속팀 경기를 못 뛰게 해서, 저 교육감님 좀 만나야겠습니다."

아마 기가 찼을 것이다. 그 당시 시대가 어떠했나. 1980년은 광주민주화운동이 일어난 해였다. 엄혹한 시대였다. 조금 있으니 소양중 체육부장과 교감이 연락을 받고 사색이 돼서 달려왔다. 이 소동이 진짜 큰 문제로 번질 수 있음을 직감한 어른들과 '이건 아니지 않나' 하고 투기로 뭉친 중학생들의 실랑이가 오갔다.

"제발 일단 여기서 나가서 얘기하자."

"전 안 나가요. 저는 교육감님 만나고 갈 거예요."

내 고집은 이미 선생님들도 다 알고 있었으니 잡아끌고 달래고 협박하며 일단 소양중으로 데려갔다. 선생님들은 오늘은 왔으니 하룻밤 자고, 내일 다시 주문진으로 돌아가라고 설득했다. 그게 모두를 위한 길이라고 설명했다. 우리는 돌아갈 수밖에 없었다. 후배와 나의 교육감 담판을 위한 야반도주는 미수로 그치고 말았다.

지금 생각해보면 가당키나 한 일이었나 싶다. 정말 성실했던 그 후배와 함께 터미널을 오간 그 이틀이 생각난다. 머리도 심장도 몸도 뜨겁던 시기였다. 따질 건 따져야 직성이 풀렸고 할 소리는 해야 숨 쉬고 살 수 있는 성격이었다. 할 소리를 못 하면 내가 나 자신을 용납하지 못했다.

초등학교 5학년 때였나. 축구를 모르던 시절 육상부 소속으로 이런저런 경기에 불려 다녔다. 서산군 군민체육대회로 기억한다. 100미터 선상에 서 있는데 심판이 스탠딩스타트를 하라고 지시했

84

다. 육상경기 단거리 경주에서는 크라우칭스타트를 한다고 배웠는데 갑자기 스탠딩스타트를 하라니, 내 입장에서는 경기 현장에서 기준이 바뀐 것이다. 이의제기를 해야만 했다. 나는 출발선을 벗어나 출발 신호를 준비하고 있던 심판에게 곧장 다가가 물었다.

"단거리에서는 스타트를 크라우칭스타트로 배웠는데 왜 갑자기 스탠딩으로 하라고 하세요?"

그러니 심판은 조금 당황한 듯하다 "그럼 너는 크라우칭스타트로 해. 다른 아이들은 스탠딩스타트로 하고"라고 말했다. 나는 내가 연습한 방식대로 크라우칭스타트로 경기를 뛰었다.

어렸지만 시키면 시키는 대로, 하라면 하라는 대로 무조건 따르진 않았다. 배운 것과 다르거나 의문점이 생기면 물었고, 불합리해 보인다 싶으면 따져 물었다. 당돌했지만, 그래야 살아낼 수 있었다. 크라우칭스타트를 쟁취(?)한 나는 그날 1등을 했고, 이후에도 서산 내 경기에서는 줄곧 1, 2등을 했다. 그때 상으로 받은 공책들로 고등학교 때까지 공책은 단 한 번도 산 적이 없다. 육상대회에서 받은 시상품만으로 충분했다. 물론 충남 도민체전 정도 나가면 예선 통과하기 바빴다. 딱 그 정도, 거기까지였다.

다시 1980년도 소년체전으로 돌아가 보겠다. 주문진 중학교 감독이 소양, 속초, 강릉, 거진 중학교 등지에서 선발한 아이들과 뛴 소년체전은 '오직 우승'이라는 목표밖에는 없었다. 개최지 자존심을 지켜야 했다. 하지만 그때 당시 서울시 대표팀을 이기기란 하늘의 별 따기보다 어렵게 느껴졌다. 소년체전 축구 경기는 거의 대부분 해마다 서울시 대표팀의 우승으로 막을 내렸다.

준결승에서 서울 대표팀을 만났다. 전반전이 끝날 즈음, 한 차례 서울의 위험한 공격을 당하고 강원도 골키퍼가 공을 잡았다. 서울 수비들이 전진수비를 한 상태에서 내가 수비를 등지고 뒤로 돌아 뛰기 시작했을 때 골키퍼가 공을 길게 차주었다. 그 공은 서울시 수비를 다 넘어버리고 내 발 근처로 떨어졌다. 나와 골키퍼의 일대일 상황. 어떤 방향으로 때려야 할까 생각하는 찰나 뒤에서 백태클이 들어왔고 나는 그대로 쓰러졌다. 악 소리가 절로 나오는 통증. 다리가 어떻게 된 것인지 움직일 수 없었다. 페널티 박스 안에서 벌어진 일이기에 우리 팀은 페널티킥을 얻었고, 나는 들것에 실려 나가 우리 팀 선수가 페널티킥을 성공하는 것을 보고 앰뷸런스에 실려 병원으로 이송됐다. 다행히 뼈에는 이상이 없다는 진단을 받고 묵고 있던 숙소로 돌아왔다. 그날 강원도는 절대 이길 수 없을 것이라 생각했던 서울시를 상대로 승리한 참이었다. 다들 들뜨고 긴장했다. 이왕 이렇게 된 것, 진짜 우승이 하고 싶었다. 나도 뛰고 싶었다. 밤새 얼음찜질을 했다. 뛰려면 다시 몸을 원상태로 만들어야 했다.

그다음 날, 다리의 부기는 조금 가라앉았지만 통증은 여전했다. 진통제를 먹고 뛰기로 했다. 결승전에서 만난 팀은 전북 대표팀. 점수가 나지 않는 박빙의 상황이 이어졌다. 왼발 오른발, 양발 슈팅을 훈련했던 나는 그때 왼쪽 오른쪽을 왔다갔다 쉴 새 없이 움직였다. 포지션은 레프트윙이었으나 뛰다 보니 오른쪽에 있었다. 순간, 공이 왼쪽에서 오른쪽으로 넘어 왔다. 내 앞에서 딱 바운드가 됐다. 키가 작은 내가 처리하기엔 매우 애매한 위치였다. 순간, 어떻게 할 수 없어 발을 옆으로 돌려 차 공을 때렸다. 그리고 그 공은 골대의 왼쪽 상단에 꽂혔다. 1대 0. 그 골이 결승골이 됐고 강원도는 소년체전에서 최초로 중등부 축구 우승 타이틀을 얻었다.

1980년 강원도에서 개최된 소년체전은 남중부 축구 결승을 끝으로 춘천종합경기장에서 막을 내렸다. 폐막식 전 열린 마지막 경기에서 홈팀인 우리가 2만여 관중의 함성 속에서 우승하고 메달을 따낸 것이다. 주문진 중학교로 돌아온 우리를 기다리는 건 카퍼레이드였다. 만신창이가 된 몸으로 카퍼레이드를 하며 얼떨떨해하던 새까만 중학생의 모습은 오래전 본 드라마 속 장면처럼 재미있기도, 남의 이야기 같기도 하다.

연습벌레의 하루

　몸뚱이 하나에 의지해 오직 축구만 생각하며 중고등학교 6년을 보냈다. 그 시절 나는 삶의 배수진을 치고 살았다. 뒤로 물러나면 강물에 떨어져 죽고 앞으로 나아가지 못하면 적에게 죽임을 당한다. 항상 긴박하게 살아야 했다. 단 하루라도 게으름을 피웠다간 살아남을 수 없다고 생각했다.

　어렵게 시작한 축구였다. 내가 좋아하는 축구였고, 나를 구원해줄 축구였다. 삶의 중요한 결정들 앞에서 어린 나는 홀로 맞서야 했지만 이 모든 과정 속에서 정신력 하나는 더 단단해졌다. 남들이 보기에는 꼴통 기질이 다분한 나였지만, 내 삶의 기준과 가치관을 제대로 세워놓아야 휩쓸리지 않을 수 있었다. 한들한들 가을바람과 함께 흔들리는 갈대가 되고 싶진 않았다.

남들에게 어떻게 보이는가의 문제,

좋은 게 좋은 거라는 식의 선택,

그런 건 내 삶에는 자리하지 않았다.

나 자신에게 좋은 것이 진짜 좋은 것이다.

연습벌레의 싹은 어릴 때부터 보였다. 성실함인지 집요함인지 모르겠지만 육상을 시작했던 초등학교 3학년 시절부터 나는 아침마다 혼자 훈련을 했다. 새벽에 일어나면 일단 마당과 화장실까지 다비질을 했다. 그래야 개운했다. 그러곤 집 뒤에서부터 산으로 이어진 비탈진 언덕길을 달리곤 했다. 청소하고 언덕을 뛰고 아침 먹고학교 가고. 학교를 파하고 돌아오면 집에서 하는 농사일 도와드리고 다시 언덕길 달리기 훈련하고 씻고 저녁 먹고. 이것이 초등학교시절 나의 일과였다. 겨울날엔 눈이 녹아 땅이 질척거리면 며칠 연습을 못 하니 눈이 내리기 무섭게 달리기 연습하는 코스만큼은재빨리 쓸어 치워놓았다.

축구를 시작하고도 마찬가지였다. 숙소 생활을 시작한 중학교시절부터 다른 아이들은 하루에 한 번 정식훈련으로 운동을 마쳤지만 나는 아니었다. 간절하고 부족했던 나는 그럴 수가 없었다.당시 겨울 추위는 눈물 나게 매서웠다. 춘천은 쉽게 영하 20도로곤두박질치곤 했다. 새벽에 일어나면 무조건 밖으로 나가 개인 운동을 했다. 시계도 없던 시절이라 정확한 시간을 몰랐지만 대략 새벽 5시 반에는 일어났다. 몸이 곧 시계 역할을 해주었다. 내 호흡이 얼어붙는 기분으로 운동을 하고 들어와 옷을 벗으면 양팔과 겨드랑이에서 고드름이 떨어졌다. 새벽 운동하고 등교해 오전수업을 듣는 둥 마는 둥 하고 수업이 끝나면 오후에 축구부 정식훈련에 참여했다. 그 후 아이들은 하루 일과를 정리하고 텔레비전을 보거나 휴식했지만, 나는 밤 운동을 시작했다. 혼자 죽어라 운동만 하는 거다. 그때나 지금이나 '미친놈' 소리는 지겹도록 들었다.

밤 운동을 하면 옷이 흠뻑 젖는다. 변변한 여벌옷도 없었기에 밤 운동을 마치고 숙소로 돌아오면 먼저 옷부터 빨았다. 대강 물로 빨아 연탄난로 연통에 널어 말렸다. 아침에 보면 염분을 머금은 운동복은 빳빳하게 굳어 있었다. 나는 그 옷을 손으로 비벼 조금이나마 부드럽게 만든 후 입고 다시 새벽 운동을 시작했다. 그렇게 6년간 하루도 거르지 않고 새벽 훈련, 오후 훈련, 밤 훈련을 하며 살았다.

고등학생 때는 시계 구실을 하던 내 몸에 오류가 나 파출소에 두어 번 끌려간 기억이 있다. 눈이 떠지면 일어나 화장실을 갔다가 옷 입고 훈련 나가는 게 일상이었다. 화장실이 급해서 깨어나 여느 때처럼 운동하러 나갔는데 내 뒤로 순찰차가 따라붙었다. 야간통행금지가 있던 시절이었다. 12시부터 4시까지 밖에서 돌아다니면 안 되던 시절, 나는 순찰차에 실려 파출소로 끌려갔다. 파출소에 가서야 시계를 보고 내가 운동하러 뛰쳐나온 시간이 1시 반이라는 사실을 알았다.

야간통행금지를 어기면 구류되거나 과태료를 내야 했다.

"저는 춘천고등학교 학생이고 축구선수예요. 제가 새벽마다 운동을 하는데 시간을 잘못 알고 나온 거예요."

다행히 이렇게 소명을 하고 풀려날 수 있었다. 그렇게 파출소에 잡혀간 적은 있을지언정 새벽 훈련을 빼먹은 기억은 없다.

홍윤이 홍민이에게도 내 어린 시절 이야기를 잘 하지 않은 이유는, 누구나 고생하던 시절이 있기 마련이고 자칫 내가 세상 고생 다 한 사람처럼 유세 떠는 것처럼 비춰질까 조심스럽기 때문이다. 누군가는 그것도 고생이라고 입에 올리느냐고 말할 수도 있다. 조심스럽고 또 조심스럽다.

내가 고생을 했다 해도 나보다 고생한 분들은 수도 없이 많다. 혈혈단신 홀로 살았지만 멀리 부모님이 계셨고, 집에서 보내준 용돈으로 군것질을 하는 친구들이 부러웠지만 밥은 굶지 않았다. 하나의 인격체로 존중받지 못하는 시절이었지만 그래도 내 소신껏 반항하고 원 없이 버텼다. 학교를 다닐 수 있는 것만으로도 감사한 일인데 좋아하는 축구까지 할 수 있었다. 늦게 들어간 학교에서 늦게 시작한 축구로 승부를 보겠다고 아등바등했지만 축구로 인해 삶의 재미를 만끽할 수 있었다. 몸 성히 공을 찰 수 있었고, 지금도 홍민이랑 함께 뛸 수 있는 체력을 유지하고 있다.

악과 깡으로 살아낸 유년 시절을 떠올리면 어리석기도 하고 어설프기도 하지만 지켜야 할 삶의 가치들 몇 가지를 얻었고, 쉽게 꺾이지 않았다. 감사하다. 그만하면 되었다 싶다.

● 춘천고등학교 시절. 청룡기 쟁탈 제38회 전국 중고 축구선수권대회에서 대회 첫 해트트릭을 기록했다.(조선일보 제공)

중고등학생 시절, 혼자 새벽에 일어나 훈련하는 일이

쉽지만은 않았습니다.

잠자리에서 몸은 일으켰는데 너무나 졸려

꾸벅꾸벅 졸고 있을 때,

스스로에게 이렇게 이야기하곤 했습니다.

"너, 지금 흘러가는 이 시간, 네 인생에서 다시는 안 와."

그러면 눈이 번쩍 뜨였습니다.

같은 강물에 발을 두 번 담글 수는 없다고 하지요.

강물은 쉼 없이 흘러갑니다.

지금 이 시간도 한번 흘러가면

두 번 다시 내 인생에서 찾아오지 않을 시간입니다.

이 생각을 하면 아무리 피곤해도 벌떡 일어나졌습니다.

지금도 마찬가지입니다.

3 기
본

"당장의 성적이 아닌 미래에 투자하라"

나처럼 하면
안 된다

1989년, 나는 첫아이 흥윤이를 낳았고 1992년, 둘째 흥민이를 낳았다. 첫째를 낳았을 때는 프로선수로 뛰던 시절 치명적인 아킬레스건 부상의 아픔을 겪었던 시절이고, 둘째를 낳았을 때는 축구선수 신분이 아닌 평범한 시민의 삶을 살던 때이다. 이 두 아이가 장성해 지금은 어엿한 사회의 일원이 되었고 맏이 흥윤이는 결혼까지 해서 두 아이의 아빠가 되었다. 쏜살같다. 나이를 생각지 않고 살아왔건만, 어느새 나를 할아버지라 부르는 존재가 생길 정도로 세월이 흘렀다.

"인생이란,
문틈 사이로 흰 말이 달려가는 모습을 보는 것처럼
순식간이다."

인생여백구과극人生如白駒過隙. 《장자莊子》 지북유편知北遊篇에 나오는 말이다. 우리 생이 이처럼 덧없고 짧다. 마음속에 새기며 나 자신이, 혹은 누군가가 삶에 나태해지고 권태로움에 빠져 있을 때 꺼내어 다시 읊고 음미해보는 말이다. 당연히 내 두 아들도 이 말을 한 번쯤 새겨봤으리라 여긴다.

은퇴 후 춘천으로 돌아오니 처음에는 살길이 막막했다. 아이가 둘이나 있는데 어떻게든 내가 책임져야 한다는 중압감이 컸다. 프로선수 생활을 하면서 모아둔 돈이 바닥나는 건 시간문제였다. 생활은 어려워졌지만 그 힘든 상황에서도 내겐 변하지 않는 게 하나 있었다. 생활 리듬을 철저히 지키는 것이었다.

사람이 살다 보면 좋을 때도 있고 나쁠 때도 있다. 좋을 때는 모든 것이 순조롭게 지나가지만, 상황이 나쁠 때는 정신을 못 차리고 방황하기 일쑤다. 이 방황이 길어지면 자신을 아예 찾지 못할 수도 있다. 아무리 냉정하고 강인한 사람일지라도 느닷없이 닥치는 삶의 파도 앞에 휘청이지 않을 수는 없다. 하지만 그럴수록 자기 균형을 유지하려고 애써야 한다.

삶의 역경과 고난을 이기는 방법은
의외로 간단하다는 생각이 들 때가 있다.
그 첫 번째는, 머릿속으로 고민하기보다
우선 정직하게 몸의 리듬을 지키는 것이다.

생활이 불규칙해지면 생각도 흐트러진다. 아무리 백수 빈털터리여도 늘 할 일은 있다. 누구에게나 자기가 해야 할 일은 항상 쌓여 있다. 그때그때 일을 처리하는 것이 중요하다. 독일 속담에 '아침 시간이 황금을 가져다준다'는 말이 있다. 나는 중요한 일은 가능하면 오전에 다 처리한다. 일이 쌓여 우선순위를 정하지 못하면 갈피를 잃고 말기에, 내가 처한 복잡한 상황에서 가장 중요한 것이 무엇인지 결정하는 것이 관건이다. 나한테 가장 중요한 '운동'을 지금도 새벽 시간에 하는 건 그 이유 때문이다. 오후나 저녁 시간은 예상치 못한 약속이 생길 수도 있고 일정이 변경될 수도 있다. 하지만 새벽 시간은 오로지 나만의 시간이다. 나만이 깨어 있고 나만이 존재한다. 누구에게도 방해받지 않는 시간이다.

어떤 결정을 내릴 때 무엇이 가장 중요한지만 파악할 수 있다면 그 나머지는 모두 부차적이라는 걸 저절로 깨닫게 된다. 그렇게 해서 생기는 이득은 실로 막대하다. 그만큼 삶이 풍요로워질 수 있다. 이게 나만의 별난 생각은 아닌 듯하다. 간소하고 단순한 삶을 추구하는 사람이 점점 많아지고 있으니까 말이다. 삶을 허비하지 않음으로써 거기서 새끼 쳐 나오는 여유를 누리는 것. 요즘 흔히 말하는 '미니멀 라이프minimal life'의 힘도 여기에 있지 않을까 생각한다.

흥윤이 흥민이를 데리고 훈련을 시작했을 때, 우리는 모두 이렇게 본질에 집중하고 기본기를 쌓는 긴 여정에 들어간 것과 다름없었다. 하지만 아직 초등학교 6학년, 3학년밖에 안 된 아이들에게 규율을 심는다는 것은 쉽지 않은 일이었다. 그전까지 마음대로 놀기만 하던 녀석들이었다. 무엇 하나 구애받지 않고 저희 하고픈 대로 맘대로 했던 아이들이 어느 날 갑자기 아버지의 지침에 따라 집중하고 훈련해야 하는 게 쉬울 리 있겠는가. 나이 어린 이 아이들 기준에 맨날 같이 놀던 친구들과 떨어져 힘에 겨운 고된 훈련을 감내해야 하는 상황이 어찌 좋기만 했겠는가.

난 분명히 자유를 주었으나 무한정의 자유를 준 건 아니었다. 나는 우리 아이들을 방목했으나 방임하지는 않았다. 나는 아이들이 마음껏 뛰어놀며 자유를 연료 삼아 진짜 원하는 것이 무엇인지 자기 안에서 찾아낼 수 있도록 돕고 기다렸다.

아이들이 어떤 선택을 하든 그걸 최대한 지지하고 지원하는 게 내 역할이라고 생각했다. 다른 건 생각지 않았다. 2년간 실업 축구팀에서 경험한 트레이너 코치 생활 이후, 성인 축구판에서 일할 기회가 찾아와도 전혀 고려치 않았다. 나와 맞지 않는 일이었다. 다만 춘천 부안초등학교에 행정직원으로 들어가 부안초등학교 축구부를 지도한 적이 있다. 살림에 큰 도움이 되는 일은 아니었다. 그래도 이제 막 축구를 시작하는 아이들에게는 내가 할 수 있는 일이 더 있었다. 아이들과 함께하는 일은 즐거웠고, 아이들에게는 가르친다기보다 축구에 대한 흥미를 먼저 느끼게 해주고 싶었다. 생계를 꾸리기 위해서는 그것만으론 어려우니 앞서 말한 대로 헬스

트레이너, 막노동판을 가리지 않고 찾아 일했다.

어찌 보면 절박하고 고통스러운 시기였을 수도 있지만, 초등학교 축구부에서 아이들을 지도하면서 비로소 새 꿈을 품게 되었다. 유소년 축구에 대한 생각과 고민을 구슬구슬 엮어 실에 꿰기 시작한 것이다. 그 시절 나는 내가 선수 시절 품었던 의문을 먼 기억 속에서 꺼내어 들춰보았다. 책장을 넘기듯 기억을 한 페이지 한 페이지 넘기며 살펴보았다. 피치 위에서 나는 행복했지만, 항상 무언가 모자라고 답답했다. 자기 원망도 컸다. 나는 내가 했던 축구의 내용이 부끄러웠다. 유소년 축구 지도자의 꿈을 품게 되면서 우리가 그간 해왔던 대로 해서는 안 된다는 자각이 싹텄다.

생각하면서 살지 않으면 사는 대로 생각하게 된다는 말이 그 시절 나의 고민을 대변하는 말이다.

생각을 해야 했다.

홍민이와 홍윤이의 자발적인 선택이 내게는 보험과 같았다. 나는 아이들에게 축구를 하라고, 해보라고 말하지 않았다. 스스로 선택해도 끝까지 가기 어려운 길임을 누구보다 잘 알고 있었다. 실제로 아이들이 힘들다고 하기 싫다고 투정을 부릴 때면 나는 이 훈련은 너희가 가르쳐달라고 했기 때문에 시작된 일임을 매번 새롭게 각인시켰다. 난 분명히 경고했었다. 축구선수가 되는 일은 무지하게 힘들고 어려운 거라고, 잘 기억해보라고. 그러면 아이들은 일언반구 대응하지 못하고 물러났다. 축구가 더 이상 행복이 아니라면 아이들은 축구 곁을 떠날 것이고, 나는 그것을 받아들일 준비도 해야 했다. 아이가 원하지 않는 일을 부모가 강요할 이유도 없고, 강요해서 될 일도 아니다. 요즘도 흥민이는 우스개를 던지듯이 이렇게 말하기도 한다.

"아무리 봐도 그때 아버지가 한 말은 신의 한 수야. 내가 먼저 하겠다고 한 게 맞으니까 무슨 토를 달 수가 없잖아."

아이들의 자발적인 선택 이후에 직접 축구를 지도하기로 하면서 은근히 조바심이 생겼고 몸과 마음이 바빠졌다. 공부가 급했다. 나는 측면 공격수로 뛰는 프로선수였지만 선수 한 명 제칠 발기술이나 개인기를 전혀 완성시키지 못했다. 남들보다 늦게 시작한 축구였고, 스피드 하나 믿고 덤볐던 축구였다. 기본기가 없었고 그래도 성적은 내야 했다. 죽기 살기로 뛰었고 몸은 금방 망가졌다. 그러니 답은 명확했다.

'나처럼 하면 안 된다.'
내가 가르치는 아이들에게만큼은
나와 정반대의 시스템을 갖추고 가르쳐야겠다고 결심했다.
이것이 내가 맨 처음에 정한 지도 철학이었다.

혜성은 없다

제도권 시스템이 어떻게 작동하는지는 충분히 겪어봤다. 우리 한국 축구의 고질병이 과정은 생략하고 결과에만 집착하는 데서 생겨났다고 생각한다. 그 전철을 밟지 않으려면 경로를 바꿔야 했다. 그래서 우리 아이들에게 적합한 프로그램이 무엇일지 날마다 새롭게 고민했다.

눈만 뜨면 축구 생각을 했다. 길을 가다가도 잠을 자다가도 이런저런 아이디어를 떠올렸다. 한번은 자다가 꿈속에서 좋은 아이디어가 떠올라 선뜻 잠에서 깼다. 아, 정말 괜찮은 아이디어다! 내일 프로그램에 적용해봐야지 하고 다시 잠을 청했다. 그런데 아침에 일어났더니만, 하나도 기억이 나지 않았다. 참 황당했다. 그때부터 머리맡에 메모장을 두고 잠을 잤다. 아무리 사소한 발상이라도 생각나면 생각나는 대로 그 자리에서 빠르게 기록해두었다. 그중 어떤 것은 꽤 쓸 만했다. 매일 이렇게 훈련 프로그램을 계속 고치고 다듬어나갔다.

이 모든 것은 기본기 습득에 초점이 맞춰져 있었다. 나는 체험을 통해 이십 대 초반의 왕성한 에너지가 고갈되면 이십 대 후반부터 선수의 기량은, 전적으로 어릴 때 쌓은 기본기에 달려 있다고 확신하게 되었다. 내가 경험하고 뼈저리게 느낀 것이었다. 쉽게 넣을 수 있는 골을 넣지 못하거나 골대 앞에서 어처구니없는 실수를 하는 것은 기본기 부족에 원인이 있다고 할 수 있다. 체계적인 훈련으로 어릴 때 익힌 동작이 반사적으로 나오지 않으면 이미 늦었다고 봐야 한다. 찰나의 간결한 볼 터치는 하루아침에 이루어지지 않는다.

끊임없는 변수에 대응하려면 기초가 탄탄해야 한다. 차곡차곡 밑바닥부터 쌓지 않으면 기량은 어느 순간 싹 사라진다. 더 높이 올라갈 수 있으려면 바닥부터 사다리를 딛고 가야 한다. 우리는 사다리 꼭대기에 올라간 사람에게만 눈길을 주지 바닥부터 한 단계씩 차분히 발을 딛고 오르는 사람은 눈여겨보지 않는다. 사다리를 타고 높이 오르고 싶다면 한 칸 한 칸 차례로 조심스레 밟고 가야 안전하게 오를 수 있다. 건너뛰면 위험하다. 기본기 습득 과정에는 중간에 빠진 사다리 가로대, 즉 예기치 못한 상황에 대응하는 방법까지 들어가야 한다. 경기 때 다치지 않기 위해서는 몸의 균형, 밸런스를 맞추는 것도 중요하다. 균형이 무너진 상태에서는 부상을 막을 재간이 없다. 그러니 무리한 동작은 삼가야 한다.

자연스러운 동작은 공에 대한 감각에서 나온다.

축구의 비밀이 어디에 있을까.

축구공에 있다.

공을 자유자재로 다루는 능력 외엔 길이 없다.

볼 감각이야말로 훌륭한 축구선수가 되는 지름길이다. 어디에 초점을 두느냐에 따라 선수의 수명이 좌우된다. 나는 선수가 스물다섯 살 정도가 됐을 때 최고의 기량을 낼 수 있도록 각 시기에 맞춰 단계별로 꼼꼼하게 훈련 프로그램을 짰다. 훈련하는 동안 이 생각은 더욱 강화됐고, 나는 이를 유소년 아이들에게 그대로 적용했다. 철저한 기본기를 중심으로 나이대에 맞는 독창적인 프로그램을 만들고자 했다.

어느 날 갑자기 축구를 잘하게 되지는 않는다. 고된 훈련을 통해서만 일정한 수준에 도달한다. 우물가에서 숭늉을 찾아서도 안 되고 첫술에 배부를 생각을 해서도 안 된다. 우리는 우리가 걷는다는 사실을 너무나 당연하게 생각한다. 하지만 갓난아이 때는 네 발로 기어 다녔다. 그다음에 두 발로 섰고, 일어서는 일도 단번에 되지 않았다. 쓰러지고 또 쓰러지고 그러다 가까스로 첫걸음마를 뗐다. 수학을 공부하는데 미적분을 하려면 곱셈 나눗셈을 할 줄 알아야 하고, 아이가 태어나 걷기 위해서는 수백 수천 번은 넘어지고 엎어져야 한다. 축구라고 다르겠는가? 세상 이치가 그러한데 사람들은 너무 성급하게 결과만을 바라본다. 승리와 영광만을 소망한다. 제대로 싸워서 이기려면 수도 없이 패배하고 좌절해봐야만 한다. 하지만 그런 좌절은 앞날이 보장된 좌절이자, 실패가 아닌 경험이다. 이 과정을 겪어야 사람은 성장한다.

기본기도 쌓지 않은 채 경기에 내보내 성적과 타이틀을 얻으려 하는 지도자와 학부모를 볼 때 드는 생각은 이것뿐이다. 걷지도 뛰지도 못하는 아이 데리고 나가 육상대회에 내보내는 형국이라는 안타까움. 유소년 지도자란 아이들이 성인이 됐을 때 어떤 경쟁력 있는 선수가 될까, 오직 이 과제를 놓고 아이들을 지도해야 한다. 절대로 아이들 두고 자기 밥그릇 챙길 생각을 하면 안 된다. 아이들 미래만 생각해야 한다. 경기를 치렀는데 졌다? 그러면 "그래, 지금 졌어도 괜찮아"라고 말해주어야 한다. "한두 경기만 하고 그만둘 것 아니잖아. 괜찮아, 자신감 가져, 이제부터야." 이렇게 격려해주어야 한다.

이렇게 말하는 나도 무슨 대단한 철학으로 시작한 건 결코 아니었다. 내 아이가 축구를 하겠다니까, 내 아이가 축구가 너무 좋다니까, 그럼 나와 다른 길을 가보자. 이렇게 생각했을 뿐이다. 내가 마발이 삼류 선수였으니, 내 전철을 밟지 않으려면 다른 길로 가야 했을 뿐이다. 기존의 축구 시스템이 운동장이라면, 나는 운동장의 모래 한 알만큼이라도 다르게 축구에 접근하고 싶었다. 절대 내가 잘났다는 것도 아니고 내가 맞다는 것도 아니다. 내 오류를 두 번 반복하지 않겠다는 결심, 다른 방식으로 내 아이를 가르쳐 보고 싶다는 욕심이었을 뿐이다. 그 생각으로 연구하고 또 연구했다. 지금도 매일 생각한다. 아직도 많이 부족하다.

능력은 없지만 좋은 지도자, 좋은 아버지가 되고 싶었다.
그래서 고민했고 연구했다.
오직 축구만 생각했다.

그래서 내린 결론은, 기본기에 답이 있다, 몸의 밸런스가 중요하다, 축구의 비밀은 공에 있다, 이 세 가지 정도다. 축구에 왕도란 없다. 홍민이가 함부르크에서 처음 계약했을 때, 1년도 채 지나지 않아 1군 팀 훈련에 참가했을 때, 분데스리가 데뷔 골을 넣었을 때 사람들은 "혜성처럼 나타난 선수"라고들 표현했다. 나는 홍민이뿐 아니라 그 누구도 그 어떤 분야에서도 "혜성은 없다"라고 말하고 싶다. 이 세상에 혜성같이 나타난 선수 같은 건 존재하지 않는다. 차곡차곡 쌓아올린 기본기가 그때 비로소 발현된 것일 뿐이다.

긴 항해를 떠날 때 사람들은 바다에 그냥 오지 않습니다.

배를 띄운다는 것은

위험과 직결되는 갖가지 변수를 동반하는 일입니다.

눈앞에 닥친 일도 중요하지만

불필요한 일이 일어나지 않도록 사전에 준비하는 것도

중요합니다.

진정한 성과를 얻으려면 그만큼 사전 준비가

꼼꼼해야 합니다.

끈질긴 물밑 작업이 필수적입니다.

축구는 볼에 비밀이 있습니다.

볼을 다룰 줄 알아야 합니다.

지금 져도, 괜찮습니다. 미래를 봐야 합니다.

오늘 이겼다 해도

미래가 없으면 아무 소용이 없습니다.

아들아,
네 삶을 살아라

나는 마발이 삼류 축구선수였지만, 사람들의 관심을 받고 있는 흥민이의 아버지라는 이유로 인터뷰 요청이나 본의 아니게 카메라 앞에 서야 할 일도 생긴다. 흥민이 훈련에 대한 질문들이 많지만 그중 가장 생각이 많아지는 질문이 있다. 바로 이것이다.

"흥민이를 데리고 축구를 해보니, 크게 될 축구선수로 가망성이 보였나요?"

흥민이가 어려서부터 타고난 재능을 보였는지, 아버지이자 전직 축구선수로서 그 재능을 발견했는지, 그래서 흥민이 훈련을 그토록 시켰는지에 대한 호기심이 담긴, 어느 정도 정해진 답안지를 쥐고 묻는 질문이다.

그때 내가 하는 답은 이 정도다.

"제가 집중해서 데리고 훈련하다 보면 재미있게 찰 수 있는 정도는 되겠다고 생각했습니다."

하지만 더 하고 싶은 이야기가 많다.

나는 흥민이가 어렸을 때부터 함께 축구를 하면서, 이 아이가 커서 축구선수로 성공하겠지, 프로선수가 되겠지, 프로선수가 돼서 어느 정도 돈을 벌겠지, 하는 생각을 해본 적은 단 한 번도 없다. 이런 생각은 결단코 해본 적이 없다.

자녀의 운동을 지원하는 부모님들을 곁에서 지켜보면 많이 조급해하고 있다는 걸 알 수 있다. 내 아이가 다른 아이들보다 두각을 보여야 하고, 그러니 이른 나이에 경기를 뛰어야 하고, 거기서 성적을 내야 하고, 좋은 학교에 가고 프로로 발탁돼야 하고……. 이 모든 과정 속에서 아이의 행복보다 부모의 목표와 조급함이 앞선다.

부모님들이 크게 착각하는 것이 하나 있다. 자식은 부모의 소유물이 아니다. 내가 낳은 자식이라 해도 아이에게는 아이만의 또 다른 인생이 있다. 나는 두 아들 녀석들이 어릴 때 무엇을 좋아하고 어떤 재능을 가졌는지 초등학교 졸업할 때까지, 특히 4학년 이전까지 발견하면 나는 성공한 것이라고 생각했다. 지금 지나 보니 누구한테 들은 적도 없고 배운 적도 없는데 무슨 이유에서 그런 생각을 했는지 모르겠다. 그래서 아이들에게 마음껏 뛰어놀게 했다. "놀아라, 하고 싶은 대로 놀아라." 그때 가장 많이 했던 말은 아마도 "놀아라"였을 것이다. 방목이라는 것은 무질서나 내팽개침이 아니다. 자유라는 연료가 마음껏 타올랐을 때 비로소 창의성을 발휘하고 발견할 수 있다.

두 녀석 모두 공을 좋아해서 한번은 이런 조언을 해준 적이 있다.

"네가 축구를 좋아하는데 축구선수가 못 되고 일반 학교에 가야 한다면 기술이나 농업을 배울 수 있는 학교에 가거라. 거기서 조금 일찍 하교하고 너 좋아하는 축구를 해라. 학교를 마치고 직장을 잡을 땐 연봉을 가장 조금 주는 데를 찾아라. 연봉 조금 주고 일찍 퇴근하는 곳을 찾아라. 그리고 나머지 시간에는 네가 하고 싶은 일을 해라. 그것이 축구라면 축구를 해라."

나는 내 아이들이 돈을 위해 살지 않고 진정으로 자신들이 원하는 삶을 살길 바랐다. 그 길에 돈이 따라오면 좋은 것이고, 안 따라와도 할 수 없는 일이다. 하지만 주객이 전도돼서 내가 좋아하는 것은 생각할 겨를도 없이 돈만 좇는 삶을 산다면, 그것을 과연 자기 자신의 삶을 살고 있다 말할 수 있을까. 물론 경제적인 문제는 매우 중요하다. 그 문제로 호되게 고생도 해본 나다. 하지만 미래에 대한 불확실함 속에서 미리 걱정만 하고 전전긍긍하는 삶은 온전한 삶이 아니다.

"네 삶을 살아라. 주도적인 네 삶을 살아라."

남들만큼 돈을 벌지 못할지언정 내가 진짜로 좋아하는 것을 놓치면 안 된다. 주도적으로 내 삶의 방향을 세우고, 돈에 매몰되는 것이 아닌 나만의 시간도 벌면서 자기가 진짜 좋아하는 일을 해야 한다.

돈에 내 인생을 다 빼앗기지 말고

진짜 내 인생을 누릴 시간도 벌어야 한다.

그 시간에 자기가 진짜 좋아하는 일을 해야 한다.

그것이 공차기이면 그 시간에 공을 차면 된다.

당시 내가 생각한 가장 핵심적인 것은 아이들이 성적에 너무 빨리 노출되어서는 안 된다는 것이었다. 아이들이 온전히 자기 자신에게 집중할 시간이 필요하다고 판단했다. 자신을 응시하는 시간이.

그러나 20년 전에도 우리의 학원 스포츠는 승패 중심으로 조직되어 있었다. 이유 여하를 막론하고 무조건 상대방을 이기는 것이 최고의 가치였다. 그렇게 경기를 치러 두각을 나타내는 아이가 결국 주목을 받고 더 나은 학교에 진학할 수 있었다. 이러한 과정은 아이가 지닌 축구 재능을 최대한 발현되도록 하기에는 부족한 면이 있음에도, 당시의 사회 분위기와 현실은 그런 자각에 이르지 못했다.

그때도 월드컵을 앞둔 시기였기에 유소년 축구선수 육성의 중요성이 거론되기는 했지만 시스템을 구축하려는 의지에 비해 행동은 느리고 더뎠다. 물론 지금은 축구계의 많은 분들이 애써주신 덕분에 우리도 나름의 시스템을 갖추고 있다는 생각이 든다. 그러나 아직 갈 길은 많이 남아 있다. 우리 유소년 축구 시스템에서 정비하고 수정할 부분은 고치고 보완해 좀 더 나은 환경을 만들어야 한다. 우리 사회의 다른 여러 부분이 그렇듯이 성과 중심의 경쟁체제에서 탈피하지 않으면 안 된다.

일찍부터 승패에 노출된 아이의 경우 승부욕은 강해질지 몰라도 '생각하는 축구', '즐기는 축구'를 하기는 어렵다. 자기가 할 수 있는 범위 이상을 하려다가 몸이 상하는 지경에 이르게 된다. 이를 미리 방지하기 위한 노력이야말로 미래를 보장하는 길이다. 유소년기에 아무리 날아다녔다 해도 성인이 된 후에 제대로 뛰지 못한다면 그보다 더 억울한 일이 어디 있을까. 최소한 자기 원망으로 허송세월을 하지 않도록 아이들을 단련시키고 싶었다. 아이들이 자기 자신을 믿고 피치에서 마음껏 뛸 수 있도록 해주고 싶었다.

공을 차는 것을 좋아하는 아들에게 선수로 뛰어본 아버지가 해줄 수 있는 것이 무엇이 있겠는가.

내 마음대로 움직일 수 있는 최상의 몸으로
운동장 위에서 최고의 경기를 펼치는 것.
그것이 얼마나 행복한 일인지 알기에,
아들이 축구장 안에서 더없이 행복하길 바랐다.
그걸 돕고 싶었다. 그 이상도 이하도 아니다.

공차기를 좋아한다고 해서, 조금 실력이 보인다고 해서 누구나 프로가 되고 누구나 고액 연봉을 받을 수는 없다. 얼마나 경쟁이

치열한가. 프로선수로 운동장을 뛸 수 있고, 국가대표가 되어 태극마크를 달 수 있는 사람이, 이 많은 축구를 꿈꾸는 아이들 중 얼마나 되겠는가. 정확한 수치인지는 모르겠지만 국가대표가 되는 것이 약 2,500대 1 정도의 경쟁률이라는 이야기를 들은 적이 있다. 그만큼 어려운 일이다.

그렇다면 프로가 되지 못한 아이들은, 국가대표가 되지 못한 아이들은 실패한 삶이 되는 것인가? 그게 삶이라면 너무나 서글프지 않은가. 난 말하고 싶다.

"축구선수로 힘들게 고생한 아버지로서 아들이 축구를 한다고 했을 때 말리고 싶지 않았냐고요? 아니요. 본인이 선택한 길, 본인이 행복하면 됐지요. 축구선수로 재능이 보여 아이를 그 길로 가게 했느냐고요? 아니요. 축구가 좋다니 할 수 있도록 도왔을 뿐입니다. 아이가 원하는 삶을 아름답게 만들어주고 싶었습니다. 아이가 축구를 원하니까. 힘들다 해도 매 순간 재미있게, 그렇게 사는 게 진짜 인생이니까요."

압정을 꽂고
달리던 시간

축구는 열한 명이 하는 것이지만, 나는 축구는 개인 운동이라고 생각한다. 이 이야기는 내가 지도하는 아이들에게도 자주 하는 말이다.

"축구는 철저하게 개인 운동이다."

열한 명의 선수 개개인이 강해질 때 그 팀도 강해진다. 그런데 우리는 이 원리를 거꾸로 생각하는 경향이 있다. 주로 조직력부터 이야기한다. 개인의 능력이 확보되지 않은 상태에서의 조직력은 한계가 있다. 그러나 개개인의 능력이 확보된 상태라면 전략 전술의 조합은 얼마든지 가능하다.

내가 축구에서 기본을 강조하는 이유도 강한 개인을 만들기 위한 것이다. 선수 한 사람 한 사람이 자신감을 가질 때라야 팀도 자신감을 가질 수 있다. 한계를 넘어서기 위해서는 먼저 생각을 바꿔야 한다. 강한 개인, 게으름을 멀리하고 노력하는 개인의 필요는 축구라는 한 분야에 국한되지 않는다. 개인만 생각하자는 것이 아니다. 이건 개인주의와 다르다. 우리가 강해지려면 먼저 내가 나로서 당당하게 혼자 설 수 있어야 한다는 뜻이다.

멘토도 없던 어린 시절, 나를 강하게 만들 수 있었던 건 나 스스로밖에 없었다. 당당히 홀로 서야만 했다. 선생님들이 가르쳐주는 것만 배워서는, 제공해주는 훈련만 해서는 잘해낼 수 없다고 판단했다. 한계에 부딪칠 때마다 '방법이 없을까?' 생각했다. 그때부터 나만의 훈련법을 만들어 내 몸을 도구 삼아 실험했다. 축구를 시작하고 난 이후 나는 일상생활에서 늘 뒤꿈치를 들고 다녔다. 공격수들은 반사신경이 좋아야 하는데 어떻게 하면 순발력과 반사신경을 기를 수 있을까 고민하다 아침에 깨서 잠들 때까지 학교를 오가거나 이동할 때 항상 뒤꿈치를 들고 다녔다. 시행착오도 많았고 바보 같아 보이는 행동도 많이 했지만 그 시절 홀로 얻은 깨달음들은 훗날 내 아이들을 가르치는 훈련법의 근간이 되어주었다.

모든 축구선수에겐 주발이 존재하고, 그때나 지금이나 주로 주발 위주의 훈련을 진행한다. 주발이 오른발이면 오른발 슈팅의 정확도를 높이는 훈련을 하는 것이다. 오른발잡이에게 왼발 슛을 연습시키는 것은 오랜 시간이 걸리기 때문이다. 오른손잡이가 왼손으로 글씨를 또박또박 써 내려가는 데 오랜 시간이 걸리듯, 오른발잡이가 정확하고 깔끔한 왼발 슛을 완성하기까지는 엄청난 시간과 노력을 요한다.

중학교 3학년이었던 걸로 기억한다. 그때 나는 깊게 고민했다. 왜 축구선수가 오른발만 써야 해? 발은 두 개인데 왜 한 발만 써야 해? 긴급한 상황에서 바빠 죽겠는데 왜 오른발로 슈팅하기 편하게 만들어놓은 다음에 차야 해? 왜 그 좋은 기회를 어물쩡대며 상대에게 반납해야 해? 양쪽 발을 쓸 수 있으면 볼이 어떤 위치로 떨어져도 자유롭게 슈팅할 수 있을 텐데…….

'왜?'라는 질문을 던져라.
가르쳐주는 대로만 하면 얻을 수 있는 것이 많지 않다.

고민만 하고 있을 수만은 없었다. 혼자 양발 연습에 돌입했다. 내 주발인 오른발이 아닌 왼발의 존재감을 높여야 했다. 본능적으로 먼저 튀어나오는 오른발을 잠깐 멈추고 왼발이 나서야 했다. 고민 끝에 나는 운동화에 압정을 박았다.

오른쪽 축구화의 텅(혓바닥) 위치에 압정의 핀이 내 발목을 향하게 꽂아놓은 것이다. 오른발로 슈팅을 때리면 압정이 내 발목을 찔러버리니 그 고통이 말도 못 했다. 그렇게 한번 당하고 나면 오른발을 쓰지 않게 된다. 바보가 아닌 이상 왼발이 나설 수밖에 없다. 오른쪽 축구화 텅에 압정을 박고 왼발로 공을 다루고 왼발로 슈팅을 하는 나를 주변에서는 이해하지 못했다. 편한 오른발을 두고 이 상한 짓을 하니 좀 덜 떨어진 모양새였을 터다. 나는 양발을 자유자재로 쓸 수 있을 때까지 훈련법을 개발하고 실험하고 반복했다. 만족스럽지는 않았지만 점점 양발을 쓸 수 있는 선수가 됐다.

중학교 때부터 그토록 갈급했던 양발 훈련을 흥민이에게 놓치겠는가. 놓칠 수 없었다. 그러니 항상 양말 신을 때도 왼발부터, 바지를 입을 때도 왼 다리부터, 운동화 끈을 묶을 때도 왼쪽부터, 경기장에 들어설 때도 왼발부터. 이것은 요새 흔히 말하는 루틴의 개념은 아니다. 자신만의 루틴을 만드는 것을 강조하는 스포츠심리학자들도 많지만 내 경우에는 루틴을 만드는 것을 권하지는 않는다. 루틴이 때로는 강박이 되어, 루틴을 그대로 행하지 않을 경우 선수에게는 또 다른 강한 불안 요소로 다가올 수 있기 때문이다. 내가 흥민이에게 왼발을 강조한 것은 '왼발을 잊지 말라'는 차원이었다. 흥민이 슈팅 훈련에 본격적으로 돌입했을 때도 매일 왼발부터 훈련을 시작하곤 했다. 집중력이 흐트러지지 않고 체력이 좋을 때 왼발 슈팅 훈련을 마치고 오른발 슈팅 훈련으로 이어갔다. 그 덕분인지 이제 흥민이는 슈팅만큼은 왼발이 더 편하다고 말할 정도가 되었다.

고등학생 시절 스피드를 더 높이기 위해 했던 혼자만의 훈련도 있었는데, 옷 안에 모래 조끼를 입고 연습한 것이 그것이다. 상체에는 모래 조끼를 입고 다리에는 모래주머니를 착용한 후 운동장을 뛰었다. 실전 경기에서는 몸에 매단 모래가 없으니 몸이 한없이 가볍게 느껴졌다. 다만 그렇게 2년 정도 훈련하니 허리에 무리가 오는 것이 느껴져 그만두었다. 내 몸에 시도한 많은 훈련법들이 모두 성공적이었던 것은 아니지만 끊임없이 시도하고 경험하며 축구에 좋은 방법이란 방법은 다 찾아내고 싶었다.

한번 살아보자고 별짓을 다 했다. 어린 시절 가난의 옷은 벗기 어려웠고 초등학교를 졸업하면 생업 전선에 뛰어들어 돈을 벌어야 했다. 하지만 나는 축구가 너무도 하고 싶었다. 이것만큼은 정말 타협의 여지가 없었다. 잘하고 싶고 버티고 싶었다. 나는 축구를 잘해야만 했다. 그래야 축구를 계속할 수 있었다. 객지에 홀로 나와 축구라는 동아줄을 죽을 둥 살 둥 붙잡았다.

나에게 축구는 곧 나의 인생이다.
축구로 인해 많은 연구를 해야 했고 생각을 해야 했다.
그리고 그 모든 과정이 행복했다.

지금도 축구공만 보면 그저 좋다. 혼자 운동장을 달리고 계단을 뛰어 오르내리다 축구 하는 꼬마 녀석들을 만나면 그네들과 공이라도 좀 차고 싶어서, 축구공이라도 주워주고 싶어서 주변을 맴돈다. 축구 하나만 보고 살아온 하루하루. 지금도 그게 그렇게 좋을 수가 없다.

반복의 힘

우리가 태어나자마자 밥숟가락을 들어 입에 넣는 것은 아니다. 성장하며 매일매일 밥숟가락을 하루에도 몇 번씩 입에 넣다 보니 이제는 불 꺼진 방 안에서도 밥숟가락만큼은 정확히 입으로 가져갈 수 있다. 왜 그럴까? 수없이 반복했기 때문이다.

흥민이가 나에게 축구를 배우며 하루에 몇 시간씩 볼리프팅만 했다는 이야기가 여러 경로를 통해 회자가 되었다. 반복의 중요성은 축구에 국한된 것이 아니다. 어떤 종목이든 운동선수들이 몸의 다양한 기능을 익히는 건 반복을 통해서만 가능하다. 슈팅 하나만 하더라도 수십만 번을 반복해야 어느 정도 경지에 다다를 수 있다. 불 꺼진 방 안에서 밥숟가락이 입으로 들어가는 경지. 그런 경지에 이르러서야 축구선수는 공을 좀 다룬다 말할 수 있을 것이다. 온전한 몸과 정신을 가진 이가 밥숟가락을 입에 가져가는 것이 기본이듯, 모든 것은 이 '기본'에서 시작된다.

손흥민이의 기본기를 채우기 위해 7년의 시간이 걸렸다. 365일 쉬지 않았다. 방학 때 친척집에 놀러 가는 일도 없었다. 하루를 쉬면 본인이 알고 이틀을 쉬면 가족이 알고 사흘을 쉬면 관객이 안다는 말처럼, 죽을 때까지 놓지 말아야 하는 가치는 '겸손'과 '성실'이다.

나는 농부의 마음이다. 365일 파종한다.
하루라도 손을 놓으면 열매를 거두기 어렵다.

손흥민이와 기본기 훈련을 하던 그 시간은 어떤 것과도 바꿀 수 없는 황금 같은 시간이었다. 내가 하는 프로그램은 다른 곳보다 기본기에만 두 배, 세 배 이상의 시간이 걸린다. 기본기라는 건 3~4년 해서 될 게 아닌데 요즘 보면 6개월 정도 운동하고 기본기를 마쳤다고 하는 사람들도 있다. 나로서는 이해할 수도, 가능할 수도 없는 일이다.

나는 '하나'라는 숫자부터 시작한다. 이 하나를 익히기까지 꼼꼼하게 하다 보면 다른 이들보다 오랜 시간이 걸린다. 그 하나의 기술이 완벽해지기 전까지는 절대로 '둘'의 단계로 나아가지 않는다.

내 아들들에게도 그랬고, 지금 지도하는 아카데미 아이들에게도 마찬가지다. 6개월 만에 기본기를 끝내고 곧바로 공을 차는 모습을 보여주면 금방 성장하는 것처럼 느껴질 것이다. 몇 년이 지나도록 기본기만 쌓는 우리 아이들이 더딘 것처럼 보일 수 있다. 하지만 장담컨대 기본기를 익힐 때까지는 더 오랜 시간이 걸릴지언정 그다음 단계에서부터는 훨씬 더 빠른 속도로 성장하고 적응한다.

아이들이 그걸 참아내기란 쉽지 않다는 것도 알고 있다. 그 모습을 지켜보는 부모 속이 타들어가는 것도 알고 있다. 싫증도 내고 그만두기도 한다. 다른 팀 아이들은 일찍부터 운동장에서 슈팅을 하고 시합도 나가는데 우리 아이들은 한쪽에서 볼리프팅만 하고 있으니 당연히 답답하다. 하지만 바보같이 '하나'만 죽어라 하던 아이들이 하나 다음에 둘을, 둘 다음에 셋을 완성하다 보면 그 이후의 성장세는 놀랍다. 정체기가 찾아와도 그리 오래 한 자리에 머물지 않는다. 마치 대나무를 보는 듯하다.

봄이 되면 꽃이 피고 잎이 난다. 이 잎을 내고 꽃을 피우기 위해 나무는 겨우내 땅 밑에서 수분을 끌어올리고 인고의 시간을 보낸다. 아이들은 대나무와도 같다. 대나무는 땅 밑에서 뿌리 작업을 하는 데만 5년여의 시간을 보낸다. 견고한 대나무를 지상으로 뻗어내기 위한 작업을 땅속에서 그토록 오랜 시간 하는 것이다. 대나무가 위로 뻗어 나오는 것만 중요하다 생각했다면, 땅속 견고한 뿌리 없이 위로 뻗기만 했다면, 어느 날 사소한 태풍에도 쉬이 넘어갈 것이다. 뿌리를 튼튼하게 만들었을 때 비로소 태풍과 비바람을 견뎌낼 수 있다.

위로 뻗는 걸 중요하게 생각하지 말아야 한다. 깊게 파려면 넓게 파라는 말처럼, 기본 작업을 깊고 넓게 해야 한다. 위로 올라오는 건 늦어질 수 있지만, 이 작업이 끝나고부터는 대나무는 잘 자랄 때는 하루에 20, 30센티미터씩도 자란다고 한다.

하지만 일반적으로 우리 풍토에서는 뿌리 작업을 오래 할 수가 없다. 그냥 몇 달만 하고 뿌리가 내렸다고 치고 성급하게 밖으로 내보낸다. 아이의 뿌리가 땅에 굳건히 박혀 있는지 살펴보지도 않고 염두에 두지도 않는다. 나는 강조하고 또 강조하고 싶다.

아무리 시간이 걸려도,
아무리 빨리 예쁘게 틔운 싹이 보고 싶다 해도
뿌리가 튼튼한 게 먼저다.
보이는 위쪽보다 보이지 않는 아래쪽을
더 튼튼하게 만들어야 한다.

기본기를 닦는 동안 불안하고 초조해하는 부모님들을 많이 만나왔다. 나에게도 아들을 엘리트 축구팀에 소속시키지 않고 야인처럼 키우면서 불안하고 초조하지 않았느냐고 묻는 이들이 있다. 그때 나는 되묻는다.

"무엇 때문에 불안하고, 무엇 때문에 초조한가?"

불안하고 초조하다면, 가만히 들여다보라. 그건 다 부모의 욕심에서 기인한 것이다. 내 아이가 다른 아이들보다 뛰어나야 하고 좋은 성적을 내야 하고 프로선수가 되어야 하고 사회적으로 성공해야 하고 돈도 남부럽지 않게 벌어야 하고……. 물론 아이를 위한 부모 마음은 다 매한가지다. 아이가 좋은 교육을 받고 탄탄하게 기반을 닦아 평탄한 길을 걷길 바라는 부모 마음을 어찌 욕심이라는 한 단어에 매몰시키겠는가. 하지만 아이가 무엇을 할 때 행복해하고 어떤 걸 좋아하는지만 생각하면 불안감과 초조함이 차오를 틈이 없다. 욕심이 차면 그 틈새로 따라 붙는 것이 불안과 초조이다.

"네가 행복하면 됐다."

이 마음이면 충분한 것이다.

지금도 학교에 가서 선수로 뛰면 중학교 1, 2학년, 고등학교 1, 2학년은 제대로 된 교육과 관심을 받지 못하는 경우가 많다. 중학교도 고등학교도 곧 상급학교에 진학할 3학년에 포인트를 맞춘다. 그 이유로 흥민이를 중학교 2학년 때까지 축구부에 보내지 않고 그 어디에도 노출시키지 않았다. 내 나름대로 계획을 세운 것이다. 서두를 일이 아니었다. 서두를 필요도 없었다. 경기 경험을 쌓는 것이 중요하다고들 하고 그 말도 일면 맞지만, 기본이 잘된 어린 친구들은 감각이 뛰어나서 몇 경기만 뛰어도 금방 적응을 한다. 볼을 잘 다룰 수 있는 능력이 중요하지, 몇 경기에 출전해봤는지가 중요한 것이 아니라고 판단했다.

나무를 벨 시간이 여섯 시간 주어진다면 네 시간 동안 도끼날을 갈겠다는 링컨의 말처럼 무언가를 이루기 위해서는 오랜 준비의 시간이 필요하다. 기본기에 오랜 시간 매달리는 사람을 보며 미련하다고 폄훼하는 이들도 있지만, 내가 생각하기엔 기본기야말로 그 어떤 방법보다 높은 효율성을 지녔다. 더 빨리해보겠다고 무딘 도끼로 백날 나무를 베어봐야 힘만 빠지고 시간만 낭비할 뿐이다.

다행히 아이들은 날 믿어주었다. '하나'를 하고 나면 '둘'이 기다리고 있다는 것을 알았고, '하나'를 해내고 나면 자신에게 어떤 기본기가 쌓이는지 경험으로 알기 시작했다. 아이들은 '셋'을 기대하며 '둘'을 훈련했다. 실력이 늘고 재미가 붙었다. 힘들었지만 그 재미에 빠진 것이다.

제가 흥민이를 가르치며

무슨 부귀영화를 누려보겠다는 생각을 털끝만큼이라도 했을까요.

'네가 행복하게 볼 차면 그걸로 됐다.'

오직 이 생각뿐이었습니다.

욕심이 없으면 불안하고 초조할 이유가 없습니다.

매 순간 행복하면 된다는 생각.

우리가 각자 있는 자리에서 열심히 사느라 잘 몰라서 그렇지

우리 삶에서 가장 큰 비중을 차지하는 것은

즐거움과 행복입니다.

"매 순간 행복하면 돼."

흥민이가 어렸을 때부터 이 이상 다른 것을

주문한 적도 없고 바란 적도 없습니다.

세상에서 가장 행복한 볼보이

내 자식을 내가 가르친다는 것은 보통 꼼꼼해서는 될 일이 아니다. 하나부터 열까지 점검해야 할 것투성이다. 게다가 나는 좀 유난히, 좋은 말로는 꼼꼼하고 나쁜 말로는 까다롭다 할 수 있는 인간형이었다.

아이들과 함께 제대로 된 훈련을 하려면 챙겨야 할 사항이 한두 가지가 아니었다. 일단 장비가 필요했다. 축구에 필요한 장비란 축구공과 축구화. 그다음으로 훈련할 수 있는 구장이 필요했다.

몇 번을 강조해 말하지만, 축구의 비밀은 '볼'에 있다. 볼을 다룰 줄 알아야 축구를 할 수 있다. 기본기는 실전 경기에서 볼을 자유자재로 다룰 수 있는지에 대한 문제이다. 볼을 다루는 것에는 패스, 드리블, 헤딩, 슈팅이 있다. 이것을 정확하게 이행할 때 경기에서 조합이 된다. 나는 볼리프팅으로 시작한다. 그리고 볼컨트롤과

트래핑, 패스, 드리블. 마지막에 가서 슈팅을 한다.

훈련의 시작과 기본은 볼리프팅. 운동장 한 바퀴는 오른발로, 한 바퀴는 왼발로, 한 바퀴는 양발을 교차해 볼리프팅을 하며 돌아야 했다. 볼과 내 몸이 하나가 돼야 했다. 이때는 볼을 골대에 차 넣는 것이 아닌 볼과 함께 걷고 볼과 함께 달리는 것이 중요하다. 빠르다고 되는 것도 아니고 기술과 정확도, 집중력이 필요했다. 정신이 흐트러지고 볼을 놓치면 아무리 세 바퀴째를 돌고 있다 하더라도 처음부터 다시 시켰다. 아이들은 집중할 수밖에 없었다.

《열자列子》에 보면 기창과 비위의 이야기가 나온다. 기창이라는 명사수가 스승 비위를 찾아간다. 스승 비위가 기창에게 말했다.

"먼저 눈을 깜박이지 않는 법부터 익혀라."

기창은 그 말을 듣고 아내의 베틀 아래에 누워 실북이 눈을 찌를 듯이 오고 가도 똑바로 쳐다보는 훈련을 거듭했다. 2년이 지난 뒤, 송곳의 끝이 눈앞까지 다가와도 눈을 깜박거리지 않게 됐다.

스승을 찾아가 알렸으나 스승은 "아직 멀었다. 다음 단계로는 보는 법을 배워야 한다. 작은 것을 봐도 큰 것처럼 보고, 희미한 것을 봐도 뚜렷한 것처럼 보이게 해라"라고 말했다.

기창은 이 한 마리를 잡아서 실로 묶어 창문에 매달아놓고 뚫어지게 쳐다보는 훈련을 했다. 밤낮없이 바라보자 그 작은 이가 점점 크게 보이기 시작했다. 처음에는 콩알만 하게 보였고 얼마 지나자 엽전만큼 크게 보였다. 3년을 훈련하자 실에 묶어놓은 이가 수

레바퀴만큼 크게 보였다. 다른 물건들을 보아도 모두 동산만큼 크게 보였다. 기창은 이만하면 되었다 싶어 화살로 이를 쏘아보았다. 화살은 이의 심장을 관통했으나 이를 묶은 실은 끊어지지 않았다. 기창은 스승 비위에게 말하니 비위는 그제야 말했다.

"이제 활쏘기를 배울 수 있겠구나."

아이들이 학교 수업을 끝내고 올 시간에 맞추어 미리 운동장에 나가 흙바닥을 청소했다. 그런 뒤에 상자에서 바람 빠진 공들을 꺼내 하나하나 바람을 넣었다. 흥윤이와 흥민이가 모르는 비밀이 있는데, 나는 아이들 몰래 일부러 공을 최대한 팽팽하게 만들어놓고는 했다. 공의 반발력을 극도로 높여 공을 다루기 어렵게 만든 것이다. 온 정신을 집중해 공을 보면서 정확하고 정교하게, 그리고 섬세하게 강도를 조절해 공을 차지 않으면, 제멋대로 공이 튕겨 나갈 수밖에 없도록 최대한 공기를 주입했다.

"지금부터 볼 올려!"

그렇게 외치는 순간 아이들은 볼리프팅을 시작했고 그 훈련을 반복시키기 위해서는 아이들이 실수해야만 했다. 조금만 집중력이 흐트러져도 공이 튕겨져 나갔다. 빵빵하게 바람을 채운 공은 발의 감각이 항상 살아 있도록 도와주었고 아이들은 스스로 그 어려움을 풀어나갔다.

볼만큼 중요한 것이 축구화다. 흥민이는 어려서부터 천성이 착하고 상대를 배려할 줄 아는 아이였다. 무뚝뚝한 아비와 형 옆에서 그나마 상냥하게 말하고 웃으며 엄마에게도 살갑게 대하는 녀석이 홍민이였다. 커가며 없는 살림을 어느 정도 알았을 테니 자기한테 필요한 물건이 있어도 쉽게 말하지 못했다. 축구화를 살 때도 가격이 높으면 주저주저하곤 했다. 그 모습을 나는 볼 수가 없다. 바로 들고 나와 계산한다.

"때론 멍청한 호랑이보다 나가서 쏘는 벌이 더 나아. 망건 쓰자 파장이라는 말이 있어. 시장에 갈 거면 빨리 모자 쓰고 길을 나서야지, 그렇게 망설이기만 하다 보면 찾아온 기회조차 다 놓칠 수 있어."

주제넘다고 생각할 수도 있고 대책 없다고 할 수도 있지만, 우리네 식구들이 살던 방 한 칸짜리 집에는 겨울에는 아침에 고드름과 하나 된 문이 열리지 않아 손이 아닌 몸으로 문을 열어야 할 때도 있었다. 그렇게 살아도 아이들에게 꼭 필요한 것만큼은 해주고 싶었다. 아니, 해줘야 했다. 그래야 직성이 풀렸다.

"운동할 때 필요한 거 있으면 아빠가 지원해줄게. 행복하게만 운동해라."

제대로 된 시설이 없었기에 초등학교 운동장이 흥윤, 흥민 형제의 최초의 훈련장이었다. 남들이 추수를 하는 시기가 되면 나는 소금을 구해 학교 운동장에 뿌렸다. 흥민이가 뛰는 운동장에 100포이상의 소금을 뿌리는 게 내겐 가을걷이만큼 중요한 일이었다. 운동장에 소금기가 있어야 겨울에 눈도 빨리 녹고 여름엔 건조하지 않고 푸석푸석해서 넘어져도 다칠 일이 적다. 눈이 오는 날이면 넉가래를 들고 가 철봉을 중심으로 반경 10미터씩 흥민이가 운동할 수 있는 공간을 확보하기 위해 운동장 눈을 치웠다. 잠깐만 게으름을 피웠다간 땅이 금세 질척거려 며칠 훈련을 공칠 수가 있었다. 비가 오나 눈이 오나 하루도 훈련을 거를 수는 없었다.

8자 드리블 훈련을 위해서는 매일 운동장에서 내 몸을 컴퍼스삼아 발로 8자를 만들어냈다. 신발축이 너덜너덜해져 구멍이 나 떨어졌다. 아이들 훈련을 위해 내 딴에는 차를 사는 사치도 부렸다. 당시 120만 원을 주고 12년 된 프라이드 한 대를 구입했다. 연식이 오래돼 비가 오면 물이 새는 차였지만, 내리는 비는 맞지 않고 다닐 수 있었고 아이들과 함께 추위를 피할 수 있어 참 행복하다는 마음이 들었다. 지금 생각해봐도 참 감사한 차였다.

흥민이가 6학년이 됐을 때쯤부터는 패스와 킥, 드리블과 같은 볼컨트롤 훈련에 집중했다. 내가 공을 던지고 흥민이가 볼을 컨트롤하며 왼발 킥, 오른발 킥을 반복적으로 하는 훈련이었는데, 나는 볼 주우러 가는 시간이 아까워 100개의 공을 준비했다. 초등학생용은 성인보다 작은 4호 공을 사용하는데, 4호 공 100개를 구해커다란 냉장고 박스에 넣어 가지고 다녔다. 마치 테니스 강습하듯 나는 축구공을 다양한 각도와 속도로 흥민이에게 던지거나 차주었고, 홍민이는 킥과 패스를 하며 볼컨트롤 감각을 키워나갔다.

시간이 흘러 홍민이가 독일 분데스리가에서 뛸 때도 개인적으로 해당 연도 분데스리가 공인구를 20개씩 구입했다. 해마다 달라지는 사용구에 익숙해지고 감각을 익히는 게 중요했기 때문이다. 당시에는 마지막 과정인 슈팅 훈련에 매진했다. 슈팅까지 가기 위해서는 과정이 필요하다. 볼컨트롤을 하고 패스를 하고 돌파를 할 줄알아야 한다. 슈팅은 그다음이다. 어린 나이부터 과도하게 슈팅 훈련을 할 경우 쉽게 무릎이 상할 수 있다. 실제로 성인이 되기 전에 무릎 수술을 두 번 이상 한 어린 선수들도 많이 보았다. 만 18세가 넘어 근력 운동을 바탕으로 슈팅을 하면 이러한 문제를 피할 수 있다.

슈팅 훈련을 하다 보면 볼은 골대 맞고도 나가고 운동장 밖으로도 튀어나간다. 나는 홍민이를 한 자리에 세워두고 사방에 흩어진 볼을 주워 모아놓고 다시 시작했다. 가지고 있던 볼의 슈팅이 끝나면 또 볼을 주워다 놓고 다시 시작. 어릴 때나 성인이 됐을 때나 나는 선수의 몸을 혹사시키지 않는 방식으로 훈련하고자 했다. 훈련을 위해 하는 일이었으니 선수는 훈련에만 집중해야 한다. 축구 선수가 축구에 필요한 체력과 근육 외에는 사용하지 않도록 조심하고 배려하는 것도 지도자의 역할이라 생각했다. 훈련 외의 모든 것들은 지도하는 내가 하면 될 일이었다. 운동장 땡볕에서 훈련할 때는 홍민이는 나무 그늘 아래 세워놓고 나는 반대쪽 땡볕 아래에서서 공을 패스했다.

사람들은 이런 나를 보고 손가락질했다. 엄하게 혼낼 때는 "저거 아비도 아니다"라며 욕을 했고, 또 한편으론 "저렇게 혼자 감싸고 돌면서 무슨 선수를 만들겠냐"며 아들을 제대로 교육시키지 않고 품에 끼고 돈다고 흉을 봤다. 집도 가난한데 애들이랑 운동장에서 공이나 차고 있다며 한심한 미친놈 소리는 늘 따라붙었다. 제도권 밖에서 개인 훈련만 시키는 내게 '정신 나갔다'는 소리는 그나마 양반이었다.

나는 태생이 야인이었고 비주류였다. 또라이, 이단아 취급은 늘 상이었지만 애초에 내 관심 밖의 일이다. 누구 도움을 받으려 한 적도 없고 누가 괜한 친절을 베풀며 곁을 주는 것도 달갑지 않다. 이제는 아들을 위해 헌신한다고 추켜세우며 그 세월 힘들지 않았느냐 묻는다. 나에 대해 누가 뭐라 하든 마음에 담아두고 신경 쓸 일도 아니지만, 그때나 지금이나 똑같이 말하고 싶다.

내가 가장 좋아하는 축구선수는 손흥민이고,
나는 세상에서 가장 행복한 볼보이라고.
내가 아들과 축구를 한 시간은
그 무엇과도 바꿀 수 없는 시간이라고.

4   철
    학

"죽을 때까지 공부는 멈출 수 없다"

무식한 자의
독서법

나에게 축구를 빼고 남는 게 뭘까 생각해보면 단 한 가지, 책 읽기가 남는다.

축구와 독서. 이 두 가지가 내 삶을 지탱해온 두 축이다. 지금도 나는 항상 책을 손에서 놓지 않으려 한다. 자랑할 만한 일이 아니라는 것도 잘 알고 있다. 배움이 짧았고, 그 배움을 채우기 위해 지금도 노력할 뿐이다. 그리고 조금 더 욕심을 내보자면 책 읽기가 내 삶에 가져다준 혜택을 조금 나누고 싶은 마음이다.

책을 좋아하는 축구선수. 오래전부터 나는 흥민이가 그런 사람이 되면 좋겠다고 생각했다. 지독하게 볼컨트롤 훈련을 하는 동안에도 항상 책을 읽게 했다. 처음부터 책에 눌려 흥미를 잃지 않도록, 내가 먼저 책을 읽고 거기서 좋은 구절을 뽑아 읽게 했다. 1년이면 100권 정도의 책을 읽는데, 그중 30권 정도를 따로 뽑아 밑줄을 치고 중요한 페이지를 접어서 흥민이에게 권했다.

책에는 정말로 무궁한 지혜와 지식이 담겨 있다. 서점에 나와 있는 그 어떤 책을 집어 들어도, 처음부터 끝까지 읽고 나면 그 안에서 배울 것이 적어도 한두 가지는 꼭 남는다. 내 운동을 하고 아이들을 가르치면서 나는 서점에 나와 있는 '축구' 관련 책이란 책은 다 찾아 읽었다. 축구에 필요한 근력을 키우는 것도 중요하기 때문에 '헬스' 관련 책들도 안 읽은 게 없다. 내가 스스로 터득해 깨우치는 것도 중요하지만, 내가 발견하지 못한 지식과 지혜들을 책 속에서 발견해 익히는 것도 중요하다.

뿐인가. 삶의 위기가 찾아왔을 때,
삶이라는 해전에서 책은 함선과도 같은 역할을 해준다.
배가 없으면 바다로 나갈 수 없듯
책이 없으면 삶을 헤쳐갈 수 없다.

적어도 나라는 사람에게 책은 단순한 유희의 도구가 아니라 절실한 생존의 도구였다. 어떤 책이든 공부하는 심정으로, 별난 방법을 동원해 읽었다.

내가 책을 읽는 방법은 좀 부끄럽지만 유별나다. 내 나쁜 머리 탓이다. 책 한 권 읽을 때 여러 단계를 거치는데, 일단 독서를 시작하면 검은색, 빨간색, 파란색 세 가지 펜을 준비한다. 좋은 책은 적어도 세 번을 읽는데, 처음 읽을 때는 글자색과 같은 검은색 펜으로 중요한 대목을 체크하고 메모하며 읽는다. 두 번째 읽을 때는 파란색 펜으로 반복하고, 세 번째 읽을 때는 가장 핵심이 되는 내용을 빨간색 펜으로 체크하고 메모한다. 그렇게 삼독을 한 후, 내가 세상을 살아가면서 잊지 말아야 할 교훈이나 나 자신을 돌아봤을 때 부족하고 모자란다고 생각하는 부분을 채워주는 메시지는 독서노트에 옮겨 적는다. 독서노트 한 권이 채워지면 세밑에 다시 그 노트를 읽고, 새 노트로 옮겨 적는다. 읽기만 해도 소용없고 적어만 놓아도 소용이 없다. 머리가 나빠 반복해 읽고 익히지 않으면 말짱 도루묵이 되기 때문이다.

종잇장이 뚫릴 만큼 박박 줄 치고 여백에 빼곡하게 메모를 해둔 책은 독서노트 작성이 끝나면 바로 버린다. 누구에게 빌려주거나 물려줄 수 없을 정도로 너덜너덜해진 탓이기도 하지만, 책장에 꽂아두고 책 읽는 걸 과시하는 것처럼 보이기도 싫기 때문이다. 이 모든 과정이 나만의 책 정리법이다. 시간이 날 때마다 독서노트도 반복해서 읽다 보면, 비로소 내 안에 기억의 궁전이 세워진다.

축구만 훈련이 필요한 게 아니다. 책을 읽는 데도 일정한 훈련이 필요하다. 눈으로 읽는 행위는 단순하다. 한글은 누구나 배우기 쉬운 과학적인 문자라고 한다. 심지어 외국인도 몇 시간만 집중하면 한글을 읽을 수 있다고 한다. 그러나 이는 발음을 하게 해주는 한글의 특성을 보여줄 뿐이지 제대로 된 읽기가 아니다. 읽고 행간의 의미까지 파헤쳐 아는 데까지 가야 진정한 읽기라 할 수 있다. 나도 처음엔 뭣도 모르고 살기 위해 책을 읽었다. 책에게 살려달라는 심정으로 매달렸지만 지금은 훈련이 되어 읽는 법도, 내 안에 체화시키는 법도 어느 정도 익숙해졌다.

내가 책을 중시하는 것은 나의 개인적인 갈급함, 위기감에서 시작됐다. 세상에는 운동선수는 무식하다는 그릇된 편견이 있다. 몸만 쓸 줄 안다. 이런 삐딱한 시선에도 이유는 있을 것이다. 과거 운동부 출신은 으레 무모한 아이, 말썽꾼 취급을 받았다. 실제로 학교에 가면 오전수업만 하고 오후는 운동장에서 보내는 일이 허다했고, 그나마 책상에 앉아 있을 때도 엎어져 자기 일쑤였다. 공부는 뒷전이고 운동장에서 놀기 바쁜 아이로 보일 수 있다. 요즘 사람들은 지능과 노력이 있어야 운동을 잘할 수 있다는 사실을 깨닫기 시작했지만, 여전히 멍청한 운동선수로 얕잡아보는 경우가 종종 있다. 어릴 적에 나도 그러한 편견을 은연중에 자주 접했고, 이 편견을 깨고 싶은 마음도 있었다.

20여 년 전 선수 생활을 접고 어쭙잖은 축구 지도자로 살게 되면서 운동선수에게 들씌워진 편견이 외부에서 생긴 것만은 아니라는 것을 깨달았다. 두텁고 높은 이 장벽은 바깥에서만 구축된 게 아니었다. 스포츠계 안에서도 상식에 어긋난 그들만의 벽을 쌓아왔다. 제도권 내부에는 아직도 많은 폐단과 악습이 남아 있고, 경제성장과 민주화를 통해 사회 발전을 이루었음에도 고질병 같은 나쁜 관행이 선수를 망가뜨리는 경우가 비일비재했다.

삶은 위기의 연속이다. 유년기에서 청년기로, 청년기에서 장년기로, 장년기에서 노년기로 접어들 때마다 삶의 양상이 바뀌고 달라진다는 것을 우리는 알고 있다. 삶의 시기, 단계마다 매번 뚜렷한 고비가 찾아온다. 오래전 고약한 반골 기질로 축구 지도자 생활이 중단됐을 때도 내게 위기는 찾아왔다. 또박또박 지급되는 월급은 끊겼고 빈손으로 삶이라는 전쟁터에 내던져진 기분이었다. 두 아이의 아버지였고 가장이었지만, 축구가 좋아 축구를 하는 것이지 돈을 구걸하러 축구판을 기웃거리고 싶지는 않았다. 그때 집어 든 무기 역시 책이었다. 그렇게 내 삶의 고비 고비마다 버팀목이 되어준 존재가 책이었다. 새삼 그 귀한 존재에 내 이름을 붙인다 생각하니 등골이 서늘해질 정도로 부끄럽고 긴장이 된다.

기회라는 건 아주 조용히 옵니다.

그리고 기회는 악착같이 내가 만들어내야 합니다.

미래가 나에게 어떤 모습으로 다가올지

책을 읽으며 예의주시하며 관찰해야 합니다.

저는 아는 것도 없고 배운 것도 없기에

책에 의지할 수밖에 없었습니다.

제가 통찰력이 있는 것도 아니고

그렇다고 창의력이 있는 것도 아니니

죽어라 책을 읽었습니다.

책을 통해서 미래를 준비했을 때,

의외의 기회, 꼼수가 아닌 내가 노력한 만큼

기회를 잡을 수 있습니다.

가정은 최초의,
최고의 학교

책을 안 본다면 내가 과연 세상을 지혜롭게 살 수 있을까? 이 불안감과 절박함이 나를 책으로 이끌었다. 흥민이가 선수로 이름을 알리기 시작한 이후에 여러 어려운 상황이 찾아왔다. 흥민이가 힘들면 나도 힘들고 흥민이가 괴로우면 나도 괴롭다. 모든 부모의 마음은 똑같다. 그 상황을 타개할 수 있는 나만의 방법은, 혼자 방으로 들어가 책을 읽는 것이다. 책 속에서 길을 찾고 위안을 얻는다. 나는 부족한 아비일지언정 최소한 아이들에게 열심히 노력하는 모습, 책 읽는 모습, 솔선수범하는 모습은 보여왔다고 자부한다.

흥민이가 처음 독일에 갔을 때 '내가 프로선수가 못 되면 어떻게 하지? 엄마아빠가 이렇게 고생했는데'라고 걱정했다는 얘기를 들었다. 함부르크에 도착했을 당시 훈련 외에 주 3일만 학교에 가도 된다고 설명을 들었을 때, 흥민이는 본인이 먼저 매일 학교에 가겠다고 자청했다. 악착같이 현지에 적응하고 독일어를 익혀서 축구에 활용하고 축구에 집중하고 싶어 했다. 어린 시절 부모가 열심히 사는 모습을 보고 자란 아이들은 책임감을 기본으로 착장하고 성장하는 것과 다름없다. 흥민이도 그랬다고 한다. 절대, 대충할 수 없었다고. 절대, 게을리할 수 없었다고.

가정은 최초의 학교고 최고의 학교다.
아이들은 부모가 하는 말에 앞서서
부모가 어떻게 행동하는지를 먼저 보고 배운다.

아무리 좋고 옳은 말로 가르치고 훈육한다 해도 부모가 그런 삶을 살고 있지 않으면 아무 소용이 없다. 대들보가 휘면 기둥이 휜다. 부모가 올바른데 자식이 휘겠는가.

축구를 가르치면서 나는 아이들보다 몸을 적게 쓴 적이 없다. 아이들이 뛰는 만큼 뛰었고 아이들이 흘리는 땀만큼 흘렸다. 아니 그보다 더 뛰고 더 많은 땀을 흘렸다. 내가 입으로만 시키고 말로만 지도한다면, 아이들도 지칠 텐데 그것을 참고 견딜 수 있겠는가. 같이 뛰고 같이 힘들면 서로 의지할 수 있고 함께 즐길 수 있다.

흥윤이 흥민이를 가르칠 때도, 지금 아카데미 아이들을 가르칠 때도 아이들이 어느 순간 안주하고 발전할 생각이 보이지 않으면 나는 아이들의 운동을 멈추게 한다. 운동도 중요하지만 마음이 먼저 바로 서지 않으면 안 된다.

운동장에서도 인문학은 필요하다. 이 세상이라는 전쟁터에서 쫓기는 산양의 무리가 될 것인가, 쫓는 사냥꾼이 될 것인가. 나는 아이들에게 묻는다. 이왕이면 쫓는 사냥꾼으로 살라고 말해준다. 누군가를 공격하는 삶을 의미하는 것이 아니다. 내 삶의 주도권을 쥐고 살라는, 누군가에게 좌지우지되며 조종당하지 않는 삶을 살라는 이야기다. 하지만 이렇게 안주하고 있으면 언제나 쫓아오는 상대에게 쫓기는 삶을 살고 만다. 누군가의 의지에 의해 휘둘리는 삶을 살고 만다.

아이들은 높은 하늘에 떠 있는 새처럼 세상을 조감할 수 없다. 막막하고 불투명하고 불확실성에 놓여 있다. 그건 어른들도 마찬가지지만 책과 선인의 말씀을 늘 곁에 둔다면 그 안에서 조금의 답은 찾을 수 있다. 그리고 가능하다면 부모가 그 역할을 해주면 더없이 좋을 것이다.

부모들은 아이들에게 최고의 교육과 최고의 환경을 만들어주고 싶어 한다. '이런' 조건들을 갖추어주고 '어떤' 과정을 겪으면 행복하고 안정된 생활, 궁핍하지 않고 남들이 보기에 좋아 보이는 삶을 살 수 있다고 어느 정도 답을 정해놓고 살고 있다. 그것이 사회적으로 인정받는 주류가 되는 방법이라고, 그것이 중산층이 되는 방법이라고들 한다. 하지만 그 방법론 안에서 진짜 중요한 걸 놓치고 있다. 이 몇 가지 정형화된 길 안에 과연 내 자식의 행복도 있는지 깊이 고민해봐야 한다.

가만히 이 세상을 한번 보라. 이 세상은 점점 극단으로 치닫는다. 사기의 극치, 유혹의 극치, 배신의 극치, 가짜의 극치. 제아무리 부와 권력을 다 가졌다 해도 인간이 인간답지 못하다면 그것이 행복일까. 사회적으로 성공한 위치에 오르는 것, 뛰어난 기록을 내는 선수가 되는 것, 온 국민이 알 정도로 이름을 날리는 것, 이 모든 것보다 중요한 것은 인간다운 인간이 되는 것이다.

책을 읽다가 좋은 부분을 접어 내 아이들에게 읽게 했던 것은 결국 인성을 위한 것이었다. 내가 아무리 축구에 미쳐 있는 놈이라 해도 내가 축구라는 매개로 의도하는 모든 행위는 딱 한 마디로 줄이면 결국은 '좋은 사람이 되는 것'이다. 한 사람의 솜씨를 알려면 상차림을 보고, 그 사람의 됨됨이를 알려면 설거지를 보라는 말이 있듯이 어떤 분야든, 어떤 일을 하든 아주 작은 것에서부터 바르고 곧아야 한다. 어떻게 하면 조금 더 균형 잡힌 인간으로 성장할 수 있을지, 올바른 태도를 지닐 수 있을지 책을 통해 잡아주고 싶었다. 나 역시 조금 더 나은 인간이 되기 위해 책을 집어 들었고, 내 아이들과도, 내가 만나고 접하는 모든 사람들과도 책의 이 놀라운 효용을 나누고 싶었다.

부모라면 끝없이 고민해야 한다.
나는 내 아이가 축구선수로서가 아니라

한 명의 인간으로서
가장 행복한 순간이 언제인지 생각한다.

행복이란 가치는 사람마다 다르다. 성공의 기준도 사람마다 다르다. 하지만 그것을 발견하려는 노력조차 하지 않고 부모의 짧은 생각으로 정한 길을 아이들에게 강요하는 건 아닌지 돌아봐야 한다.

'한 사람의 인간으로서 나는 무엇을 할 때 가장 행복한가?'

이 질문을 염두에 두면 인생의 많은 선택지 앞에서 조금은 수월하게 길을 택할 수 있다.

아들들에게 말한다.

"어떤 결정을 내릴 때, 지금 가장 중요한 게 뭔지만 생각해봐. 그것이 뭔지 알면 결정은 바로 내릴 수 있다. 네가 원하는 걸로 결정을 해라. 사람은 항상 자신이 원하는 방향으로 살아야 한다. 네가 보기에 지금 가장 중요한 것이 이거라고 생각됐다면 망설이지 말고 곧장 그것을 해라."

미쳐야 미친다 —

나만의 훈련법 만들기

바다의 최상위 포식자 범고래는 집단생활을 하는 대표적인 동물이다. 가족 단위로 생활하는데 가족 무리와 함께 살며 어미로부터 사냥 기술을 전수받는다. 무리마다 물고기를 주로 잡아먹기도 하고 바다사자 같은 포유류를 잡아먹기도 해서 가족 안에서 내려오는 사냥 비법은 그들만의 고유함이다. 다큐멘터리에서 어미 범고래가 새끼 범고래를 데리고 사냥 훈련을 하며 예행연습을 시키는 모습을 보고 크게 놀랐다. 사냥감이 없으면 바다 위에 떠 있는 부유물로 훈련을 시켰다. 파도 속에 잠복하고 있다가 커다란 바다표범을 향해 달려드는 실전 사냥을 익숙하게 하기까지는 몇 년의 시간이 걸린다고 했다. 체계적인 교육으로 사냥법을 다음 세대에게 전수하고 있던 것이다.

운동을 시작하고 나는 끊임없이 스스로에게 질문을 했다. 지도

자들은 자신이 배운 대로 우리에게 훈련을 시켰다. 타이어를 끌며 뛰게 했고 계단을 뛰게 했고 운동장을 뛰게 했다. 이 훈련을 하면 어디에 도움이 되고, 지금 단계에 필요한 게 무엇인지에 대한 설명도 고민도 없이. 나는 늘 궁금했다.

'왜 이렇게 해야 하지? 이것 말고는 없나?'

질문을 하면 답이 나온다.
자기 스스로에게 문제를 던지면
답을 찾기 위해 노력하게 된다.

일례로 중학교 시절 우두산 충열탑 계단에서 했던 훈련의 흔적이 지금 손축구아카데미 경기장에 남아 있다. 유소년 양성을 위한 아카데미와 축구장을 건립하며 특별히 관중석의 계단 일부를 네 종류의 서로 다른 높이의 계단으로 설계했다. 어떤 계단은 하나가 일반 계단 두세 칸을 합친 높이에 달한다. 아이들에게 적합한 하체 강화 훈련을 시키기 위해서였다. 중학교 때 일률적인 높이의 계단에서 훈련하며 늘 생각했다. 계단의 높이가 조금 더 높으면 이런 방식으로 이런 훈련이 가능할 텐데……. 높낮이에 따라 쓰이는 근육이 달랐고 단순히 계단을 뛰어 오르내리는 것만으론 부족했다. 마땅히 운동할 곳이 없어 충열탑 계단에서 홀로 운동하던 시간은 내게 새로운 방법과 아이디어를 마련해주기도 했다.

아이들을 가르치며 나는 어린 시절 고민했던 문제들을 다 끄집어내서 펼쳐놓고 생각하기 시작했다. 처음부터 다시 시작해야 했다. 내가 배운 것만으로는 안 되겠다고 생각했다. 책을 읽고 연구하는 건 당연지사였고, 유럽축구선수권 대회, 월드컵 등 전 세계에서 벌어지는 축구 경기들을 비디오테이프에 녹화했다. 당시 VCR로 녹화한 VHS 비디오테이프가 200개가 넘었다. 그 비디오를 보고 또 봤다. 그 안에서 뛰는 선수들의 움직임을 보고 또 봤다.

'지금 저 상황에서 저 선수처럼 저런 움직임을 완성하려면 어떤 기본 프로그램을 가지고 접근했을 때 진짜 기술로 만들 수 있을까?'

그때 봤던 명경기, 명장면은 내게 큰 자양분이 됐다. 좋은 경기를 죽어라 보며 거기서 훈련 프로그램을 구상했다. 경기 영상을 보고 전술 프로그램이 아닌 기본기 훈련 프로그램을 만들었다고 하면 의아해하는 사람들도 많다. 하지만 나는 기본기와 전술 훈련이 따로 있다고 보지 않는다. 두 가지 중 선후를 따지자면 단연 기본기가 먼저다. 기본기 안에서 전술이 나오기 때문이다. 전술을 펼치기 위해서는 기본기가 탄탄하게 갖춰져야 한다. 축구선수가 피치 위에서 자신이 의도한 동작을 매끄럽게 수행하기 위해서는 몸이 따라줘야 한다. 생각은 하는데 몸이 따르지 않으면 부자연스러운 동작이 생기고, 자칫 부상으로 이어진다.

선수 시절부터 '내가 하는 축구, 이건 아니야!'라고 생각했기 때문에 더 나은 기본기 훈련 프로그램에 대한 갈급함은 항상 따라붙었다. 하물며 내 아이에게 가르칠 건데 허투루 할 수 없었다. 훈련 프로그램을 만들고 내 몸으로 먼저 시범을 보이고 아이에게 훈련시키며 조금씩 고쳐나갔다. 몸동작, 볼의 속도, 볼 높이, 볼 강약……. 수정하고 반복했다. 될 때까지 했다. 완벽하지는 않았지만 어느 정도 확신은 있었다.

지도자들은 끊임없이 훈련법을 개발해야 한다. 기존에 있는 것만으로는 부족하다. 웬만한 빅매치는 다 찾아보며 반복해서 집중적으로 연구했다. 내가 생각해도 미쳐 있었다. 불광불급不狂不及, "미쳐야 미칠 수 있다"는 그 큰 말에 내가 다다를 순 없었겠지만 어느 정도 미쳐 있었던 건 맞는 것 같다. 중요한 기술을 찾아내 어떻게 하면 그 기술에 도달할 수 있을지 미친놈처럼 그 하우투How-to를 연구했다.

'저 기술에 도달하기 위해서는 어떻게 해야 하나?'

그 시절 내 머릿속엔 온통 그 생각뿐이었다.

특히 흥민이가 열여덟 살 즈음부터 5년은 집중적으로 근력 훈련을 했다. 흥민이가 독일에 갔을 당시부터 레버쿠젠으로 이적할 즈음까지, 그때는 하체 근력을 강화시키고 몸의 밸런스를 맞추는 게 중요하다고 생각했다. 유럽 선수들은 신체 조건이 좋다. 파워를 내고 치열한 몸싸움에서 밀리지 않기 위해서는 버틸 수 있는 상체 근력을 만들어야 했다. 축구선수의 몸은 예민하다. 강도 높은 훈련만이 능사는 아니다. 무게와 횟수가 중요했다. 당연한 이야기지만, 감사하게도 나에겐 내 몸이 있었다. 나는 어떤 방식, 어떤 중량으로 몇 회씩 몇 세트를 하면 어느 위치의 근육이 발달하는지 나 자신에게 임상실험을 했다. 부족한 점은 책을 통해 보완했다.

그다음은 슈팅 연습. 선수 생활을 하면서 '왜 강하게만 때려야 하나?'에 대해 고민했고 그 답을 흥민이를 통해 찾고 싶었다. 흥민이에게 늘 말했다.

"골키퍼가 가제트팔이 아니고서야 잡을 수 없는 각도로 볼을 때리면 된다."

그렇게 감아 때리는 훈련을 수년간 지속했다. 볼의 위치에 따른 디딤발 위치, 발이 닿아야 하는 볼의 정확한 지점 등을 짚어가며 반복 훈련했다. 나는 공이 휘는 각도를 찾아가며 연구했고 흥민이 앞에 무릎 꿇고 앉아 발과 볼을 붙잡고 설명했다. 3년쯤 지났을까, 우리는 함께 감을 잡기 시작했다.

지금도 나는 '어떻게 하면 축구를 조금 더 잘할 수 있을까? 어떻게 하면 더 실전에 활용 가능한 교육을 할 수 있을까?'를 고민한다. 내가 시행착오를 거치며 숱한 시간 반복하며 조금씩 완성해나간 내 프로그램은 조금 독특하다. '왜 저게 축구를 위한 훈련이지?'라고 고개를 갸우뚱하는 방식들도 많다. 그리고 단순한 게 특징이다. 계단에서 하는 훈련도 다리를 모아 점프해 뛰며 하체 근력을 강화시키는데, 너무 많이 하는 것보다는 높이를 달리 해서 몇 세트씩 심플하게 하고 끝낸다. 멋 부리고 꾸미는 건 내 성질에 절대 할 수 없는 일 중 하나다. 프로그램에 멋을 입히는 이들도 종종 보는데 나는 과감하게 뺄 건 다 빼고 아이들이 소화할 수 있는 것 위주로 단순하게 만든다. 내 프로그램은 멋도 없고 음식으로 치면 맛없는 음식이겠지만, 딱딱한 음식을 오래 씹어 음미하고 잘 소화시킬 수 있도록 돕는 방식이다.

  심플하고 단순하게.
  그리고 함께.

  아이들과 '함께' 운동하는 게 나의 훈련 철칙이다. 아이들에게만 시키고 팔짱 끼고 서 있지 않는다. 같이 뛴다. 웨이트를 할 때도 시범을 보이며 먼저 하고, 슈팅과 기술 훈련을 할 때도 반대쪽에서 볼을 차고 던지고, 뛰고 주웠다. '네가 하면 나도 한다.' 그것이 내 철칙이었다. 그 고된 훈련을 혼자 한다면 얼마나 힘들겠는가. 흥민이는 한 인터뷰에서 "아버지가 옆에서 똑같이 훈련하니 멈출 수가 없었다"고 말했다. 훈련할 때 나는 매섭고 혹독하게 몰아쳤다. 하지만 다행히 흥윤이, 흥민이, 아카데미 아이들은 알아주었던 것 같다. '우리 감독이 나를 엄하게 혼내도 무슨 감정이 있는 것이 아니라, 정말 내가 발전하기를 원하는 마음이 있다. 정말 축구에 대한 사랑이 있다.' 아이들은 그것을 스스로 깨우치고 부족한 나를 품어주었다. 아이들을 가르칠 때 나는 가장 행복하다. 아이들이 한 단계를 완성하고 다음 단계로 올라갔을 때, 그 모습을 지켜보는 행복감은 말로 표현하기 어렵다. 그 순간의 보람과 희열은 느껴보지 않은 사람은 절대 이해할 수 없을 것이다.

어른들이 아이들에게 너무 많은 요구를 하는 것은 아닌지 돌아봐야 한다. 아이들이 할 수 있는 것, 그것도 즐겁게 할 수 있는 것은 단순한 것들이다. 그 단순한 것에서 재미와 흥미를 느끼고 집중할 줄 아는 방법을 배울 때, 살아가면서 만나게 되는 복잡한 문제에도 차근차근 대응할 수 있게 된다.

우리 삶은 결코 많은 게 필요치 않습니다.

단순하고 담박하게 사는 게 최상의 삶입니다.

매 순간 삶의 순도를 높이기 위해서는

지금 이 순간에 머물러야 합니다.

축구공을 보면 나는 매일이 새롭습니다.

축구를 오래 하기 위해서는 나 스스로를 관리해야 했고,

그 모습을 지켜보며 아이들은 자랐습니다.

사람들은 손흥민이 어떤 훈련 프로그램으로 운동했는지에

더 관심이 많지만

저는 사실 중요한 건 내적인 부분에 있다고 생각합니다.

성공 안에서
길을 잃지 말라

  꿈나무, 신예, 혜성, 유망주라 불리다 롤모델, 한국 축구의 자랑이라 불리다, 월드클래스냐 아니냐는 논쟁까지. 흥민이의 성장을 지켜봐주고 응원해주는 사람들의 마음은 언제나 감사하다. 모든 것이 한국 축구를 사랑하고 같이 뛰는 마음으로 지켜보는 사람들과 함께 만들어낸 것이다. 나를 향한 "얼마나 뿌듯하냐, 얼마나 자랑스러우냐, 얼마나 기쁘냐"라는 질문 앞에서 나는 속으로 삼키는 감정이 있다.

  바로, 두려움이다.

  "백 리를 가는 사람은 구십 리를 반으로 생각한다." 행백리자 반어구십行百里者 半於九十이라는 《시경詩經》의 구절처럼 우리 삶은 늘 현재진행형이다. 삶에 완성이란 없다. 어느 정도 왔다 하더라도 '이제 반을 왔구나' 하는 심정으로 다시 나아가야 한다. 현실에 안주하지 않고 스스로 성장하려 노력해야 한다.

홍민이가 대중에 노출되어 조명을 받기 시작한 것은 2010년 10월 30일 분데스리가 데뷔 무대에서 쾰른을 상대로 골을 터트렸을 때다. 멋진 골이었다. 나에게 찾아온 감정은 잠깐의 기쁨과 길고 긴 두려움. 나는 홍민이가 경기를 마치고 숙소로 돌아올 때까지 기다렸다. 고생했다는 한마디도 해줘야 했고 들뜬 마음도 다독여줘야 했다.

그날 나는 홍민이를 꼭 안아주며 "고생했다"라고 말한 후, "네 노트북은 오늘 내가 가져가야겠다" 하고 노트북을 들고 숙소를 나섰다. 홍민이 노트북을 안고 새까만 새벽길을 걸어 내가 묵는 여관방으로 향하며 나는 하늘을 바라보며 기도하는 마음으로 되뇌었다. 오늘 하루만 홍민이가 망각증에 걸렸으면 좋겠다고…….

  감격스럽고 기뻐하고 기록해야 할 그날,
  내가 가장 원했던 것은
  홍민이가 그것을 잊는 것이었다.

나는 홍민이가 어린 시절부터 상 같은 걸 받아 올 때면 축하한다, 고생했다, 그리고 집에 들어오면서 그 상장과 상패는 분리수거하고 들어와라, 라고 말한다. 우리가 사는 집에도 무엇 하나 기념으로 붙여놓거나 내놓은 것이 없다. 나의 선수 시절에는 사진 같은 것도 찍을 일도 별로 없었지만 그때 찍은 사진, 신문기사, 당시 입었던 유니폼도 싹 다 폐기처분했다.

기쁘지 않은 것도 아니고 대견하지 않은 것도 아니다. 하지만 그게 왜 그렇게 중요한가. 상을 받는 것이, 상패가 무슨 의미인가. 홍민이의 데뷔골은 내게 엄청난 두려움이었다. 좋다는 감정은 아주 잠시잠깐 머물다 사라지고, 두려움이 그 자리를 채우고 내내 머물렀다.

외부에서 칭찬하고 언론에서 무언가 가능성을 언급할 때 아직 성숙하지 못한 청소년 선수는 그에 취하기 쉽다. 사람들의 주목에 들뜨며 중심을 잃는 경우가 많다. 내가 잘할 수 있다는 자신감과 내가 잘났다는 우쭐함은 차원이 다르다. 자기의 중심을 잃는 순간 집중력은 현저히 낮아진다.

지금도 나는 '초심, 초심'을 강조한다. 자만하지 말라. 축구선수에게 가장 위험한 것은 교만이다. 명성을 쌓는 데는 20년이 넘게 걸리지만 무너지는 데는 3분도 채 걸리지 않는다. 우리는 그것을 종종 잊는다.

지금까지 나는 축구 외에는 할 줄 아는 것도 없고 재미있는 것도 없다. 축구가 가장 좋다. 축구 하나만 보고 살아왔고, 지금도 축구가 그렇게 좋을 수가 없다. 지속적으로 사랑하고 열망하고, 그걸 지속하기 위해 노력하고. 이렇게 순수하게 좋아하는 마음을 이

길 수 있는 것이 있을까. 중요한 건 여기에 있다. 그 마음 안에 있다. 하지만 좋아하는 그 마음을 뒤로 밀쳐내고 그것을 수단으로 여기는 순간, 모든 것이 삐그덕대기 시작한다. 욕심이 앞서고 명예를 좇고 세상이 셈하는 숫자와 타이틀에 목을 맨다.

성공 안에서 길을 잃고 헤매지 말라.
그것이 곧 안주하는 거다.
그렇게 하기에는 아직 갈 길이 멀다.
성공을 먼저 생각하지 말고 내 성장을 생각해라.

자신이 이룬 성과에 만족하면 그 자리에 주저앉고 만다. 나는 그것이 두려웠다. 무척이나 두려웠다. 홍민이가 무언가를 이루고 사람들의 환호성이 들려올 때 내 안을 꿰차고 앉는 것은 그에 대한 두려움이었다. 그래서 나는 홍민이에게 항상 말한다.

"성공 안에서 길을 잃고 헤매지 마라. 매 순간 성장을 위해 노력해야 한다."

사람은 어제보다 오늘이 낫고 오늘보다 내일이 더 낫게 살아가야 한다. 매일매일 하고 싶은 일, 좋아하는 일을 최선을 다해 하는 것, 하루하루 자기 삶을 새롭게 만들어 나가는 과정이 성공이지, 그 결과로서 주어지는 것이 성공이 아니다. 내가 지금 상황이 좋다고 오만하면 인생을 망친다. 사람을 끔찍하게 패망시키는 것이 바로 오만이라고 한다. 이놈은 어찌나 지독한지, 사람이 죽어 관 속에 들어가도 세 시간이 지나고 나서야 관 속에 들어가는 게 바로 오만이라고 말한다. 건강한 사람이 되기 위해서는 그만큼 자만과 오만을 경계하고 조심해야 한다.

성공보다 앞서야 하는 것이 성장이다. 나를 성장시키려고 마음먹었을 때, 나를 초월하고 나를 넘어서겠다고 다짐했을 때 성장이 찾아온다. 잡스의 연설 "Stay hungry, Stay foolish"라는 말처럼 현실에 안주하지 않고 어리석어 보일 정도로 끊임없이 노력해야 한다. 나의 발전을 위해, 나를 성장시키기 위해 부단히 공부하고 연구하고 노력하는 것. 중요한 것은 그것이다.

소년등과少年登科, 어린아이가 과거에 급제하는 것처럼 위험한 것이 없다는 말이 뜻하는 바를 생각해야 한다. 흥민이는 아직 선수 생활 중이고 선수 생활을 시작한 처음의 그 마음과 똑같이 조심하고 또 조심해야 한다. 흥민이의 더 큰 성공이나 더 많은 돈이 중요한 게 아니다. 흥민이가 선수 생활하는 데 있어서 초심을 잃지 않는 마음, 조심하는 그 마음이 가장 중요하다. 그 마음을 딛고 성장의 의지도 싹튼다.

상을 받고 찬사를 받으면 흥민이는 자기가 한 일에 대해 기쁘고 좋을 것이고, 나는 아비로서 그것에 대해 인정하고 존중할 것이다. 그뿐이다. 영원한 것은 없기에 이것은 아무것도 아니라는 마음, 우리 삶에서 정말 중요한 것은 따로 있음을 잊지 않는 마음이 중요한 것이다.

"네가 골을 넣었다고 해서 세상이 바뀌는 건 아무것도 없다. 지금 네가 할 일은 다음 경기를 준비하는 것이다."

훙민이가 데뷔골을 넣었을 때 내가 한 말은 이것이다. 다행히 훙민이는 내 속뜻을 잘 알아주었다. 인터넷 안에서 아우성치는 것들, 그것이 칭찬이든 비난이든 그것에 휘말리지 말아야 했다. 잠을 자고 몸을 회복하고 다음 경기를 준비해야 했다.

우리 삶은 쇼가 아닙니다.

누군가에게 보여주기 위한 삶이 아닙니다.

소 열 마리 가진 사람은

한 마리 가진 사람의 마음으로 살고,

소 백 마리 가진 사람은

열 마리 가진 사람의 마음으로 살아야 합니다.

이것이 진정한 삶입니다.

자신이 처한 삶을 있는 그대로,

꾸미지도 더하지도 빼지도 않고 사는 것이

진정한 삶입니다.

내실을 기하는 진정한 삶.

세
가
지
가
르
침

몇 년간 지루한 훈련을 반복하면서 아이들이 축구장 바깥의 세상을 익혀나가길 바랐다. 축구장에서 펼쳐지는 화려한 플레이는 거대한 축구 문화의 일부에 지나지 않는다. 축구장 바깥에도 축구가 있다. 축구는 어떤 구기 종목보다 역사가 깊다. 먼 옛날로 돌아가면 모든 대륙에 축구와 유사한 놀이가 있었을 만큼 역사가 깊다. 그래서 축구의 기원설은 큰 의미가 없는 것 같다. 멕시코 전통 놀이 '울라마'에서 축구가 나왔다는 사람이 있는가 하면, 중세 이탈리아 피렌체에서 행한 '칼치오'에서 나왔다고 하는 사람도 있다. 심지어 어떤 프랑스 책에는 옛날 우리나라 신라에서 성행한 '축국蹴鞠'이 그 기원이라고 나온다. 축구가 어디서 나왔든 그게 그리 중요하진 않다고 본다. 공을 발로 차는 놀이는 과거 어디서나 행해졌다. 오늘날의 축구가 영국에서 경기 규칙이 정해져 전 세계로 퍼

져나갔을 뿐이다.

단일 종목으로 축구보다 영향력이 크고 세계적인 인기를 구가하는 스포츠는 없다. 축구가 이렇게 광범위하게 퍼진 것에는 시대적인 조건이 한몫했다는 생각이 든다. 오늘날의 축구는 산업혁명 이후 영국의 사회 현실과 밀접한 관련이 있다. 영국은 다른 유럽과 마찬가지로 귀족 문화가 발달한 곳이다. 맨 처음 축구라는 스포츠는 퍼블릭스쿨이라는 영국의 귀족 사립학교를 중심으로 성행한 것으로 그 형제지간이라 할 럭비와 나란히 발전했다. 럭비와 축구, 공을 가지고 하는 이 두 가지 스포츠는 19세기에 각각의 경로를 거쳐 서로 다른 방식으로 정착된다. 귀족 사립학교의 인기 종목이었던 축구는 세계의 광범위한 계층이 즐기는 대중 스포츠로 자리 잡았다.

여기서 내가 생각하는 축구의 두 가지 사회적 기능을 이야기하고 싶다. 하나는 교육적 기능이다. 먼 옛날에 축구 비슷한 경기는 매우 거칠고 난폭했다. 상대방을 고려하기보다 우리 편이 이기는 데만 집중했다. 유럽에서 유래한 축구의 원형이 되는 경기가 대개 그랬다. 하지만 근대 자본주의 사회의 발전과 더불어 성장하면서 축구는 시민 교육의 한 방편으로 쓰였다. 근대 국가가 생겨나서 일반 국민을 대상으로 의무교육이 시작되는 시점과 축구가 제도화되는 시점이 겹친다. 그래서 아이들에게 게임의 규칙을 지키면서 상대방을 제압하는 축구 경기는 민주주의 정신과 선의의 경쟁이 무엇인지 일깨우는 좋은 수단이다.

축구의 사회적 기능 중 다른 하나는 사회를 통합하는 기능이다. 축구장은 사회와 격리된 공간이며 축구 경기는 90분이라는 제한된 시간에 이루어진다. 축구장 안에서 벌어지는 순간순간의 상황은 예측 불가한 인생유전의 상징과 통하는 바가 있다. 둥근 공은 어디로 튈지 모른다. 인생도 축구와 같다. 그러나 이런 상징적인 면을 떠나 축구 경기 자체는 사회적 조건을 모두 초월한다. 축구장에서 선수는 모두 동등한 자격으로 출전한다. 축구장 바깥의 조건은 배제된다. 축구장에 들어온 관중도 마찬가지다. 부유하든 가난하든 귀족이든 노동자든 아무 상관 없이 모두 관중이다. 관중석에 앉은 사람은 사회적 지위나 신분이 어떻든 모두 평등하게 자기가 정한 축구단과 하나의 팀이 되어 한목소리로 응원하고 승리를 기원한다. 물론 모든 스포츠가 이렇게 각기 다른 사람을 하나로 연결하는 기능을 지니고 있을 것이다. 그런데 그중에서도 이 통합의 기능이 가장 강하게 작용하는 것이 바로 축구라는 스포츠 아닌가 싶다.

어떤 구기 종목보다 강하게 소속 집단의 대표성을 띠는 것이 바로 축구인 것이다. 프로축구가 지역 연고지를 바탕으로 활동하고 발전한다면, 올림픽이나 월드컵 같은 국제축구대회는 한 국가의 대표성을 지닌 선수들이 주축이 되어 자웅을 겨룬다. 그래서 특히 우리나라에서는 축구선수의 성장이 한 개인의 성장으로 비치지 않는 것 같다. 축구에서 자신이 바라는 꿈을 꾸는 것이다.

난 그렇게 꿈꾸는 이들을 존경한다. 선수라면 누구나 최대한 그들에게 경의를 표해야 한다고 생각한다. 아이들과 처음 훈련을 시작했을 때, 나는 아이들이 축구를 한다는 것을 올바로 이해하길 바랐다. 자기 자식이 공 잘 차는 기계가 되는 걸 원하는 부모는 없을 것이다. 축구장 바깥에도 축구가 있다. 영국에서 지내며 경기가 있는 날이면 함께 축구장을 찾는 가족 단위의 사람들을 보면서 그들의 일상과 축구가 얼마나 밀접하게 연결되어 있는지 새삼 느끼곤 한다.

축구의 화려한 기술을 익히는 것이 다가 아니다. 훌륭한 인성을 갖추고 인생을 겸손과 감사, 성실함으로 대할 줄 알아야 한다. 아이들에게 강요할 순 없었지만 나는 끊임없이 강조했다. 축구가 중요한 게 아니라 사람이 되어야 한다고. 축구를 제대로 이해한 사람이라면 교만할 수가 없다.

네덜란드 토털사커의 창시자이자 불세출의 축구 영웅인 요한 크라위프는 자서전에서 이런 말을 한 적이 있다.

"내가 만난 월드클래스 선수 중에 인성이 나쁜 사람은 단 한 명도 없었다."

어릴 때부터 아이들에게 강조하는 몇 가지가 있다.

겸손하라.

네게 주어진 모든 것들은 다 너의 것이 아니다.

감사하라.

세상은 감사하는 자의 것이다.

욕심 버리고 마음을 비워라.

마음을 비운 사람보다 무서운 사람은 없다.

판을
깔
아
주
고
싶
었
다

    축구인에게 구장은 매우 중요하다. 이 구장이란, 훈련장도 경기장도 될 수 있는 공간인 축구장을 가리킨다. 지금은 사정이 많이 나아졌지만, 과거에는 좋은 축구장이 그리 많지 않았다. 숫자도 모자랐고 상태도 나빴다. 2002 한일 월드컵을 계기로 상황이 바뀌었다. 그때까지도 우리나라에는 축구 전용구장이 거의 없었다. 2002년 월드컵을 치르면서 전국 각지에 번듯한 전용구장들이 생겨나기 시작했다.

    하지만 이것도 성인 축구에 해당하는 말이지 유소년 아이들이 마음 놓고 축구를 할 수 있는 잔디 구장은 꿈도 못 꿀 때였다. 나는 아이들과 훈련을 할 때마다 매번 흙바닥과 씨름했다. 운동장을 찾아 이곳저곳을 엄청나게 헤맸다. 부안초등학교 운동장, 소양강 강변의 공지천, 송암동 종합경기장 등 공간만 있으면 어디서든 닥치는 대로 훈련을 했지만, 그때도 제일 먼저 신경을 쓴 것은 안전이었다. 아이가 넘어졌을 때를 대비해 잔돌이나 유리 파편 같은 이물질이 없도록 깔끔하게 흙바닥부터 청소했다. 테니스 클레이코트 관리에는 못 미치더라도 가능한 한 깔끔하게 잡동사니 없이 바닥을 깨끗이 했다.

그때 왜 그렇게 운동장 청소에 열을 올렸을까. 좋은 구장은 내게 특별한 의미가 있었다. 좋은 구장을 갖는다는 건 건강하게 살 수 있는 좋은 집을 갖는 것과 같다. 기본조건이 마련되지 않은 상태에서 기본기를 익힌다는 것은 어불성설이다. 나는 그렇게 생각했다. 축구공과 축구화는 내가 어떻게 해볼 수 있었으나 축구장은 나만의 힘으로 해결할 수 있는 문제가 아니었다. 어느 나라든 발전하려면 가장 먼저 인프라를 구축해야 한다. 기간산업이 바탕이 되지 않은 상태에서는 경제발전이 어려운 것과 같은 이치다. 철도나 고속도로 없이는 무역을 육성할 수 없고 전기통신 광케이블 없이는 인터넷을 발전시킬 수 없다.

내게 축구장은 일종의 플랫폼이었다. 오늘날은 플랫폼의 시대라는 말을 많이 한다. 축구에서도 이 플랫폼이 중요하다. 고르고 편평한 형태의 자리, 우리 말로 하자면 '판'이다. 일이 벌어지는 자리가 바로 판이다. 춤을 추는 자리는 춤판, 축구를 하는 자리는 축구판이다. 판은 또 '형세'를 가리킨다. 바둑에서 흔히 하는 말 중에 판세라는 말이 있다. 흑돌과 백돌 가운데 어느 쪽이 더 유리한

지를 판단하고자 할 때 가늠하는 형세가 바로 판세다. 바둑에서는 처음 돌을 놓는 행위, 즉 포석을 중시한다. 맨 처음에 돌 몇 개를 어느 자리에 놓느냐에 따라 이후 바둑의 판세가 확 달라진다. 첫 단추를 잘못 끼우면 전체가 틀어지게 되고, 바로잡으려면 몇 배의 노력이 필요하다.

　나는 흥윤이 흥민이와 훈련을 시작하기 전에 짧게는 30분, 길게는 한 시간이 넘게 시간을 들여 깨끗이 바닥을 청소했다. 그런 다음 훈련을 시작했다. 훈련은 내가 세운 프로그램에 따라 단계별로 진행됐다. 아직 어린 나이임을 고려해서 훈련의 강도와 시간을 조절했다. 내가 아무리 '축구, 무척 힘들어'라고 경고했어도 아이들이 그 힘겨움이 어느 정도인지 알 순 없었다. 그 어려움을 몸으로 겪어 깨닫게 하는 일이 급선무였다. 축구의 화려한 겉모습만 계속 머릿속에 그리고 있다면 빨리 환상을 깨야 했기 때문이다. 나는 역경을 거쳐야 꿈에 다다른다는 걸 알려주고 싶었다. 아이들의 꿈이 꿈에 그치는 것이 아니라 실제로 실현되도록 해주고 싶었기 때문이다.

　어린 흥윤이와 흥민이는 잉글랜드에서 뛰고 싶다고 했었다. 비록 아이들 말이지만 나는 그 꿈을 지지했다. 나 역시 어려운 상황에서 축구를 하던 유년 시절에 독일에서 뛰어보고 싶다는 꿈을 꿨었기 때문이다. 아이들과 축구를 시작한 초기부터 나는 꿈을 크게 가지라고 강요하진 않았지만, 일단 꿈을 꾸기 시작했다면 그 꿈을 위해 최선을 다해야 함은 강조했다.

"너희들 상대는 국내가 아니야. 너희들 상대는 세계야. 세계 각지에 뛰어난 재능을 지닌 아이들이 얼마나 많은지 몰라. 바로 이 순간에 너희가 편히 잠을 잘 때도 그 아이들은 공을 차며 자신의 재능을 가다듬고 있다는 걸 명심해. 물론 쉴 땐 잘 쉬어야지. 하지만 훈련할 땐 아주 치열하게 하는 거야. 이 세계의 벽? 절대 안 높아! 너희들도 할 수 있어!"

가슴만 뛰는 축구선수가 아닌
가슴과 내가 함께 뛰는 축구선수가 되어야 한다.

내가 한창 축구에 몰두하던 청소년기에는 독일의 분데스리가가 가장 인기 있는 리그였다. 유럽 축구라고 하면 분데스리가를 꼽길 주저하지 않았다. 하지만 잉글랜드의 프리미어리그가 출범한 이후 프로축구의 주도권은 축구의 종주국 영국에 돌아갔다. 이탈리아의 세리에A, 스페인의 프리메라리가의 권위도 무시할 수 없겠지만, 잉글랜드 프로축구는 20세기 말을 기점으로 꾸준히 성장해 오늘날은 가장 영향력이 큰 세계적인 리그로 성장했다.

두 아이가 잉글랜드 프리미어리그를 선망했던 건 그런 시대적인 상황에 부지불식간에 공명한 것이라는 생각이 든다. 누구나 유럽

무대로 진출하길 꿈꾸지만, 그 꿈을 이루는 것은 극소수에 불과하다. 이를 누구보다 잘 아는 사람으로서 아이들에게 어떤 동기부여를 해야 할지가 늘 고민이었다. 축구를 잘한다고 해서 저절로 행복해지는 것은 아니기 때문이다. 축구를 하면서 행복하게 산다는 것은 확고한 자기 철학이 있을 때 가능하다.

아이들과 나의 본격적인 훈련은 2002년 월드컵을 한 해 앞두고 시작됐다. 하루에 두 시간을 할애해 공을 땅에 떨어뜨리지 않고 다루는 훈련을 반복했다. 볼을 내 몸과 하나로 만들기. 볼리프팅으로 하는 훈련은 우리가 가야 할 먼 길의 출발점이었다.

두 아이는 훈련을 잘 따라왔다. 다만 집중력이 흐트러져 대충하려 할 때나 바른 자세로 하지 않고 멋대로 요령을 부릴 때는 고함을 질렀다. 불성실한 모습을 보이면 엄하게 혼냈다. 할 수 있는데 하지 않을 때는 그냥 봐주지 않았다. 내 자식이고 안쓰러운 것도 사실이다. 하지만 부모가 냉정해야 아이가 강해진다. 아이들이 자기 스스로를 컨트롤할 힘을 길러주어야 했다.

자기가 자기 스스로를 통제하지 못하면 어떤 상황도 통제할 수 없다. 공은 둥글다. 축구 경기에서 원하는 대로 공이 잘 날아오는 경우는 드물다. 상황이 계획대로 펼쳐지는 경우도 드물다. 삶이 그렇듯이 축구에서도 변수가 항수다. 변하지 않는 건, 모든 것은 변한다는 사실 하나뿐이다. 통제하거나 통제되거나 둘 중 하나다. 통제하지 않으면 통제된다. 공도 삶도 스스로 컨트롤해 원하는 방향으로 이끌어나갈 수 있어야 한다. 이 진리를 몸에 각인시켜 자기 주도적인 삶을 살아나갈 수 있도록 만들고 싶었다.

지금도 문득 독일에서 뛰어보고 싶다고 꿈꾸던 유년 시절의 내가 떠오른다. 축구 중계를 보고 있으면 내 또래 선수들이 세계무대에서 뛰고 있었다. 나는 화가 치밀었다. 속에서 열불이 났다. 당장 운동복을 입고 밖으로 뛰쳐나갔다. 저 아이는 저만큼 가 있는데, 나는 지금 여기서 무얼 하고 있는가. 지구 반대편에서 나의 경쟁자들은 지금 훈련을 하고 있겠구나 싶었다. 내가 이렇게 머물고 있을 때 세계의 경쟁자들은 더 큰 무대에서 뛰고 있다는 생각을 하면 한시도 쉴 수 없었다.

나는 그 시절 목표한 바를 다 이루진 못했다. 하지만 그것이 실패라고 생각하지는 않는다. 내가 할 수 있는 한 최선을 다했다. 여한이 없다. 어쩌면 나의 이른 은퇴가 전화위복이 되었다는 생각도 든다. 나의 부족함이 도리어 내 자식과 후배들을 위해 쓰일 수 있었으니 말이다. 축구를 꿈꾸는 모든 아이들에게 판을 깔아주고 싶다. 돈이 없어서, 지원이 없어서, 기회가 없어서 시작도 하기 전에 꺾이는 아이들이 없도록. 판을 깔아주면, 그 위에서 아이들이 어떤 노력을 하고 어떤 과정을 경험할지는 온전히 아이들의 몫일 것이다. 그네들의 삶일 것이다.

5 기
회

"기회는 준비가 행운을 만났을 때 생긴다"

나도 그만두겠다

난 명지대학교에 잠깐 몸을 담았다. 대학 생활의 낭만? 그런 건 꿈도 못 꾸었고 내겐 사치였다. 고3 때 명지대에 스카우트되어 체육특기자 전형으로 입학했다. 하지만 몇 개월 만에 대학을 그만두고 상무에 입단해 군 복무를 했다. 그렇게 된 데는 사연이 있다.

고등학교에 다닐 때 몇몇 대학에서 스카우트 제의가 들어왔다. 하지만 앞서 경험한 바와 같이 상급학교에 올라가는 과정은 녹록하지 않았다. 당시 명지대는 대학 축구 명문으로 손꼽혔고, 나를 포함한 춘천고 졸업생 몇 명이 함께 명지대로 진로가 결정되었다.

대학 입학은 3월이지만 체육특기자는 그 전해 11월부터 숙소 생활을 시작한다. 그해 말 12월에 열린 청소년축구 국가대표 선발전에서 뛰고 나서 나는 운 좋게도 청소년대표가 되었다. 그런데 그 선발전을 마치고 돌아와 보니 뜻밖의 사실을 알게 됐다. 대학에서 입학 예정자로 열여섯 명을 받아놓았다는 것이다. 체육특기자 선발 정원이 네 명인데 열여섯 명을 뽑았다는 것은 입학 전에 열두 명을 떨어트려야 한다는 소리다. 나와 함께 입학 예정이던 춘천고 동창도 같은 신세였다. 학교 입장에서는 좋은 선수를 선발하는 과정의 일환이겠지만 나머지 학생 입장에서 보면 인생의 중요한 길목에서 기회와 시간을 허비하고 밀려나는 것이었다. 입학 취소를 당한 친구의 어머니가 숙소로 찾아와 함께 우는데, 그때 나는 도대체 이게 뭔가 싶었다. 혼란스러웠고, 혼자 학교에 남는 것이 개운치가 않았다. 그 자리에서 그만두겠다는 결심이 섰다.

"네가 이렇게 됐는데 내가 여기를 다니겠냐. 너 안 다니면 나도 안 다닌다. 나도 그만둘 거다."

운동선수를 꿈꾸는 아이들이 흔히 경험하는 현실이었다. 대학에 가야 한다는 목표로 고등학교 3년을 버텼고 그토록 꿈꾸던 대학에 선발됐는데, 입학도 못 하고 학교에서 쫓겨나는 것이다.

솔직히 대학을 그만두면 나는 그냥 거지였다. 집도 절도 없이 오로지 축구만 해왔기 때문에 앞길도 막막했다. 3월에 열린 대통령배 축구대회를 마치고 얼마 후 나는 홀로 짐을 쌌다. 다음 날은 자매결연을 맺은 팀과의 훈련을 위해 일본으로 떠나는 날이었다. 내일 일본을 가기 위해 준비하는 동료 선수들을 뒤로 하고 조용히 숙소 후문을 통해 나왔다. 그게 끝이다. 나의 짧은 대학 생활의 끝.

갈 곳 없던 나는 서산 본가로 돌아왔다. 막막했지만 늘 그래왔

듯 다시 시작하면 되었다. 개인 훈련을 하며 살 길을 모색하고 있을 때, 상무 감독에게서 연락이 왔다. 상무가 나를 원한다 했다. 나는 내 삶을 돌아볼수록 '운칠기삼'이라는 말을 신뢰할 수밖에 없다. 난 삼류 선수였지만 삶의 순간순간 나를 살리는 운이 한 번씩 찾아와주었다.

당시 상무축구단은 들어가기가 어려운 팀이었다. 상무에 갈 수 있었던 건 몇 개월 잠깐 머문 명지대에서 명지대 소속으로 대통령배 전국축구대회에서 뛴 덕분이었다. 그리고 이 대회가 어떤 면에서 보면 내 축구 인생의 터닝포인트가 됐다고 할 수 있다.

여기서 잠깐 대통령배 전국축구대회의 내력과 당시 상무가 얼마나 강한 팀이었는지 짚고 가는 게 좋겠다. 대통령배 전국축구대회는 대학팀과 실업팀이 모두 참가하는 국내 최고의 아마추어 축구대회이자, 1952년에 시작해서 2010년에 폐지되기 전까지 매우 긴 역사를 자랑하는 꽤 권위 있는 전국대회였다. 1984년 제32회 대회가 각별한 것은 내가 출전한 대회여서가 아니다. 그 당시에 창단된 상무축구단의 존재 때문이다. 그전까지 우리 군은 육해공 삼군이 각각의 축구단을 운영하고 있었다. 조금 더 자세히 말하자면, 창단된 연도순으로 육군 '웅비'(충의 1969~1980, 웅비 1982~1983), 공군 '성무'(1972), 해군 '해룡'(1973)이 저마다 축구단을 따로따로 운영하고 있었다. 우리가 잘 아는 차범근 선수는 공군에 입대한 성무의 선수였다. 육군 웅비, 공군 성무, 해군 해룡의 삼군 축구단이 하나로 합쳐져 상무가 된 것은 1984년 1월 11일이다. 바로 이날 각종 경기단체를 총괄하는 국군체육부대가 발족하면서 축구도 단일화가 된 것이다. 3월 5일에 개막될 대통령배 축구대회를 석 달 정도 앞둔 시점이었다.

대통령배 대회가 열리기 전부터 이미 상무축구단은 실업팀 최강자로 손꼽혔다. 상무를 우승 후보로 꼽는 데 주저하는 이는 없었다. 삼군 축구단에서 날아다니던 선수들만 추렸을 테니 그 전력이 얼마나 강했겠는가. 실제로 국가대표 출신이라도 벤치에 후보로 앉아 있어야 할 만큼 상무에는 좋은 선수가 많았다. 그런데 하필 명지대가 그런 강팀 상무와 한 조에 묶여서 조별 예선전을 치르게 되었다.

조별 예선전은 효창운동장에서 열렸다. 사람들은 이곳을 부르기 편하게 흔히들 '효창구장'이라고 했다. 당시 선발로 뛴 선수 가운데 신입생은 나 혼자였다. 이 예선전에서 명지대는 상무에 먼저 두 골을 허용해 끌려 다녔다. 그러다 내가 한 골을 만회했다. 키가 작은 나는 코너킥 때 흐르는 공을 잡으려고 물러나 있었다. 코너킥으로 온 공중볼이 내 등에 맞고 떨어졌고 그때 순간적으로 발로 차 밀어 넣었다. 이 경기는 2대 1로 졌지만, 예선은 통과했다. 그리고 용케 8강전, 4강전을 이기고 결승전에서 상무와 다시 맞붙게 되었다.

결승전은 동대문운동장에서 열렸다. 옛날 축구선수라면 다들 한번 뛰어보고 싶어 했던 곳이 바로 동대문운동장이다. 그곳에서 뛴다는 것은 축구선수로서 큰 영광이었다. 결승전에서도 명지대는 경기 초반 상무에 밀렸다. 시작하고 두 골을 먹어서 지고 있었다. 밀고 당기는 경기가 계속됐다. 그러다 몸싸움을 하던 내가 공중에서 거꾸로 처박혔다. 떨어질 때 잘못 짚었는지 팔이 아파서 터치라인 바깥에서 치료받고 팔에 붕대를 감고 다시 들어가는데 내가 얻은 프리킥을 명지대 선수가 혼전 중에 골로 연결했다. 이렇게 한 골을 만회하고 전반이 끝났다. 전반전에 한 골도 넣지 못했다면 경기를 따라잡고 뒤집긴 어려웠을 테다.

2대 1의 점수로 후반전에 돌입했다. 후반전 중반 명지대가 세트피스에서 또 한 골을 넣었다. 2대 2 동점이 됐다. 이제 결승전 경기도 끝을 향해 치닫고 있었다.

2분 남짓 남았을까. 양쪽 선수들이 연장전을 준비하는 분위기였다. 오른쪽 왼쪽을 오가며 윙 포워드로 뛰던 내가 오른쪽에서 싹 돌아서 빠질 때 상무 수비수가 실책을 범했다. 나는 치고 달려 골키퍼와 단독으로 맞서게 됐고 볼은 내 앞에 있었다. 툭 밀어 넣었다. 3대 2. 요즘 말로 극장골이 된 것이다.

이 대회에서 결국 명지대가 최종 우승을 차지했다. 누구도 예상치 못한 결과였다. 명지대가 대통령배 전국축구대회에서 우승한 것은 그때가 처음이었다. 그 전해에도 명지대는 결승전에 올랐지만 아쉽게도 준우승에 그치고 말았었다. 그런데 마침내 우승컵을 거머쥐었다. 어쩌다 보니 내가 상무와 했던 두 경기에서 번번이 골을 넣었고 그게 각인이 됐던 듯하다.

"저놈 잡아 와!"

준장 계급의 장성 한 분이 나를 데려오라고 했다는 이야기를 뒤늦게 들었다. 대학을 무단이탈한 뒤 시골집에서 하릴없이 개인 훈련을 하며 앞길을 모색하던 내게 소속되어 뛸 곳이 생긴 것이다.

이야기가 오가자 입영 절차는 빠르게 진행되었다. 서류는 국방부가 면사무소를 통해 해결했고 나는 입영통지서는 구경도 하지 못한 채 서둘러 입대를 했다.

• 명지대가 대통령배 우승을 했던 당시의 기사(경향신문 제공)

두 번의
훈련병 생활

상무 소속으로 성인 무대에서 뛸 수 있게 된 것은 내게 천운이었다. 뛸 수 있다는 것 자체가 주는 행복감을 느끼며 성인 무대에 첫발을 디뎠다. 체육부대의 특성상 경기에서 패배하면 엄청난 후폭풍을 감당해야 했지만, 그것마저 아주 흔쾌히 받아들였다.

상무 소속으로 패배했을 때 받게 되는 기합은 아주 혹독했다. 당시 상무는 대회에서 성적을 거두지 못하면 군기 교육에 들어갔다. 3박 4일이나 4박 5일 정도 꼬박 구른다. 군기 교육에 들어갈 때는 새벽 네댓 시쯤 해병대 상사가 육군사관학교 내 상무 숙소로 갑자기 들이닥친다. 선수들은 서둘러 환복하고 군용트럭을 타고 가 국군체육부대가 있던 창곡동 연병장 진흙탕에서 뒹군다. 한번은 동대문운동장에서 전국체전 결승전에서 지고 거기서부터 곧장 상무 지휘관들이 있는 창곡동까지 뛰어간 적도 있다. 그날은 전후반 90분을 다 뛰고 승부가 나지 않아 연장전까지 치른 상태였지만 여지없었다. 우리를 태우고 가야 할 버스는 이미 출발한 뒤였다. 동호대교를 건너 가락시장 뒤쪽으로 해서 뛰어 새벽 2시가 돼서야 겨우 부대로 복귀할 수 있었다. 이렇게 규율이 센 생활을 견뎌내야 했기에 정신력은 필수였다. 멘탈이 깨지면 말짱 다 도루묵이다. 그 시절 상무에서의 군 생활은 정신력 강화에 아주 특효약이었다.

　나는 상무 시절에 차츰 프로의 의미를 깨달아가기 시작했다. 사실 상무는 아마와 프로의 중간 어디쯤 어정쩡한 자리에 있는 축구단이라고 할 수 있다. 그러한 성격이 상무축구단의 특이성 같기도 하다. 처음에 상무는 실업구단으로 분류되었다. 하지만 어린 나이에 프로팀에 입단해 프로선수로 뛰다가 체육부대로 입대해서 상무에 소속된 선수를 프로선수가 아니라고 할 수 있을까. 그런 면에서 상무는 일종의 계류장 같은 곳이기도 하다. 고정된 장소에서 하늘 높이 열기구를 띄우는 장소인 계류장, 지상과 연결된 줄이 끊어지면 영영 하늘 속으로 처박혀버릴 수도 있는 위험한 비행기구를 단단하게 비끄러매는 계류장 말이다. 적어도 내겐, 대책 없이 대학을 뛰쳐나온 내겐, 상무는 그런 계류장 같은 곳이었다.

　만일 내가 명지대에서 짐을 싸고 나와 상무에 들어가지 못했더라면 내 인생이 과연 어떻게 달라졌을지, 상상만 해도 등골이 오싹해진다. 축구밖에 모르던 내가 사회에 나와 바로 적응할 수 있었을까. 못할 건 없었겠지만 쉽지 않았을 것이다.

나는 내 축구선수의 경력이 언제든 단절될 수 있다는 위기의식을 항상 품고 살았다. 내가 축구를 하는 것은 양복점의 재봉사가 재봉질하는 것과 큰 차이가 없다고 생각했다. 차이가 있다면, 재봉사가 옷감에 마름질해서 재봉질하는 반면 나는 운동장에 가상의 동선을 그려가며 공을 찬다는 점일 것이다. 20년, 30년 한 가지 일을 하며 장인의 경지에 오르는 재봉사처럼 축구선수도 그런 자세로 축구에 임해야 한다. 그래야 프로다. 그러니 축구선수가 축구를 잘하기 위해 죽어라 노력하는 것은 그리 대단한 일도 놀라운 일도 특별하게 환영받을 일도 아니다. 축구가 직업인 사람으로서 공을 잘 차기 위해, 그 한 가지만 생각하는 것은 지극히 당연한 일이다. 취미 생활이 아닌, 동호회 활동이 아닌, 프로선수라면 말이다.

내가 군에 입대하기 전인 1983년 5월에 처음으로 프로리그가 생겼다. 당시 대중들이 열광하던 스포츠는 단연 프로야구였고, 그에 비해 침체해 있던 한국 축구의 활로를 찾기 위한 처방이었다. '슈퍼리그'라고 불린 이 프로리그에 당시 할렐루야, 유공, 포항제철, 대우, 국민은행 등 다섯 개 구단이 참여했다. 슈퍼리그 창설은 대한민국 최초의 프로축구리그이자 전국 실업축구 연맹전을 대체하는 최상위 리그가 탄생했다는 의미가 담겨 있다. 경기는 전국의 주요 도시를 돌며 펼쳐졌다. 애당초 대한축구협회KFA는 축구 붐을 일으켜 1984년에는 슈퍼리그에 더 많은 구단이 참가하도록 한다는 계획안을 갖고 있었다.

이외 슈퍼리그에 속하지 못한 실업 구단들로 이루어진 '코리안리그'는 1983년 축구 발전이라는 대의를 위해 1, 2부로 나뉘어 운영되었다. 1부 일곱 개 팀, 2부 여덟 개 팀이 운영되었다. 즉, 1983년에는 프로축구인 슈퍼리그와, 실업축구 코리안리그 1부와 2부, 이렇게 세 개 디비전이 있었던 셈이다. 그러나 1984년 대한축구협회는 1, 2부로 나뉘었던 코리안리그 운영을 다시 하나로 통합했다. 하부 리그가 좀 더 세분화되고 탄탄해야 한다고 늘 생각하고 있던 나로서는 아쉬운 결정이었다. 하지만 당시에 더 중요하게 다가왔던 사실은, 실업리그인 코리안리그에서 우승하면 다음 해 프로리그인 슈퍼리그에 참여할 수 있다는 것이었다.

이런 상황에서 나는 1984년 하반기 시즌에 전국의 실업팀이 다시 통합되어 자웅을 겨루는 '실업축구 코리안리그'에 상무 소속으로 경기를 뛰었다. 그해 9월, 감히 훈련병 주제에 상무 주전이 된 것이다.

6월에 입대한 나는 먼저 상무 축구단에 들어가 선수들과 훈련을 하다 기초군사훈련을 받기 위해 논산훈련소에 입소했다. 훈련소 생활이 열흘쯤 흘렀을까. 유난히 물난리가 심하던 해였다. 태풍으로 쓰러진 벼를 세우고 무너진 방둑을 보수하고 토사를 치우는 대민지원을 하며 시간을 보내고 있을 때, 하루는 일과를 마치고 정리하고 있는데 내무반장이 들어와 물었다.

"여기, 손웅정이 누구야?"

사회에서 뭘 했든 훈련병은 대체로 어리바리하다. 땅딸막한 내가 손웅정이라고 나서자 내무반장은 깜짝 놀라며 물었다.

"네가 축구선수야? 네가 상무 소속이야?"

국방부 대위가 차를 몰고 나를 데리러 훈련소로 찾아왔다는 것이다. 당시 전반기 선두권에 있던 상무가 하반기 시즌이 시작하고 주택은행에 한 게임을 지니 부대장이 나를 데리고 와 경기에 뛰게 하라고 명령을 내렸던 것이다. 운동도 못 하고 열흘 동안 짬밥만 먹고 있던 내가 당장 경기를 뛸 수 있는 몸인가 속으로 생각해보았지만 그건 내 사정일 뿐, 국방부 소속인 나는 그 야밤에 서울로 올라왔다. 그리고 바로 경기에 투입되었다.

이 대회에서 상무는 패권을 차지해 슈퍼리그 진출권을 따냈고 이듬해 슈퍼리그에 참가할 수 있었다. 1984년 9월 14일 효창구장에서 열린 기업은행과의 경기에서 1대 0으로 승리한 것이 결정적이었다. 상무는 6승 3무 1패 승점 15점으로 리그 우승을 확정했다.

운 좋게도 나는 1984년 상반기에는 명지대 소속으로 대통령배 우승을, 하반기에는 상무 소속으로 실업리그 우승을 경험한 셈이다. 하지만 상무에서 뛰었을 때는 갑자기 잡혀가 뛴 것과 다를 바

없기에 11월에 논산으로 되돌아가 기초군사훈련을 다시 받아야 했다. 이미 작대기 두 개를 단 일등병 계급이었으나 논산훈련소 기초군사훈련은 처음부터 다시 시작해야 했던 것이다. 숫자로만 불리는 훈련병들 속에서 작대기 두 개짜리 훈련병의 존재는 혼란을 불러일으켰다. 하는 수 없이 훈련소에서는 "기간은 다 인정해줄 테니 훈련소에 있는 기간에만 작대기 없이 생활하자" 제안했다. 상황이 상황이니 어쩔 수 없었다. 4주간의 훈련을 마치고 나는 상무에 정식으로 입단했고 1985년에는 슈퍼리그에도 참가할 수 있었다.

우리가 지금 'K리그'라고 부르는 프로축구리그가 국내에 막 생겨나던 시점에 선수로 뛸 수 있었다는 것은 내게는 큰 행운이었다. 1985년 슈퍼리그에서 상무는 여덟 개 참가팀 중 6위를 기록했다. 이후 슈퍼리그는 프로팀으로만 구성해 경기를 진행하는 것으로 방침을 변경했고, 실업팀이던 상무는 더 이상 슈퍼리그에 참여할 수 없었다. 축구의 부흥에 대한 열망으로 격변하던 시기, 상무는 프로리그 창설 초창기 1985년 한 해만 자유롭게 날개를 펼 수 있었다 해도 과언이 아니다. 그런 호시절에 상무불사조 선수로 뛸 수 있었으니, 그건 내게 말할 수 없는 축복이었다.

기회를 주는 사람, 기회가 있는 세상

숲은 늘 생명의 기운으로 가득하다. 어린 시절 나는 외진 산골에서 자랐다. 돌이켜보면, 자연의 품은 아늑했다. 하지만 자연이 늘 품어주기만 하는 건 아니다. 자연은 때때로 날카롭고 사나워진다. 여름철마다 태풍이 닥치고 겨울철마다 한파가 몰아치는 우리나라에서는 사시사철 뒤바뀌는 자연의 힘을 느낄 수 있다. 사계절이 뚜렷한 기후에서 살아서 우리나라 사람들이 변화에 민감한 건지도 모른다.

우리는 철에 맞게 옷을 입고 음식을 먹는다. 물론 요즘에는 계절에 따라 먹을 수 있는 과일이나 생선 같은 먹거리의 구분이 거의 없어졌고, 아무 때나 원하는 것을 찾아 먹을 수 있는 환경이 됐다. 세상이 좋아졌다는 말이 저절로 나온다. 하지만 나는 제철에 맞는 것을, 제때 먹는 것이 좋다고 생각한다. 이 문제는 단순히 먹는 것에만 머물지 않는다. 사람도, 사람의 성장도 마찬가지라고 생각한다. 사람이 성숙해지고 단단해지는 것도 그런 변화의 시간을 거쳐야 가능하다고 본다. 하루하루 아무 변화 없이 그냥 흘러가는 것 같지만, 자세히 보면 어제 다르고 오늘 다른 것이 사람이다.

나는 어린 시절 숲에서 놀며 자랐다. 앞에서 이야기한 것처럼 내 고향은 충남 서산의 도비산 자락이다. 봄, 가을 소풍을 갈 때가 되면 부석사로 향했다. 새봄에 숲속을 뛰어다니며 놀다 무료해지면 막대기 하나 주워 들고 우거진 잡풀 사이를 탁, 탁 치고 다녔다. 그때마다 어린 고사리 새순이 탁, 탁 잘려나가는 게 재미있었다. 어린 고사리를 횡橫으로 치면, 칼로 베어낸 양 그대로 싹 잘려나간다. 다 자란 고사리는 생각보다 억세지만 어린 고사리는 그만큼 약하고 여리다.

나는 아이들의 근육을 늘 이 고사리 새순에 비유한다. 나는 오랜 세월 그 여린 근육들이 어떻게 혹사당하는지 봐왔다. 그 여린 근육으로 성인이 하는 강도의 운동을 하면 버틸 재간이 없다. 당연히 성장에도 좋지 않다. 그 피로가 누적되면 이제 한창 피어나야 할 십 대 후반, 이십 대 초반에 연골이 닳고 근육이 상해 수술을 해야 버텨낼 수 있는 상황까지 맞닥뜨린다. 펴보지도 못하고 지는 꽃과 같다. 흥민이가 중학교 3학년 때 처음으로 정식 축구부에 들어가서 훈련했을 때 가장 낯설어했던 것은 공 없이 운동장을 뛰는 일이었다. 체력을 키우기 위해서였겠지만 축구를 하는 아이들에게

공 없이 무작정 운동장을 뛰게 하는 건 나는 사실 이해할 수가 없다. 단순히 생각해봐도 아이들이 공이 좋아서 축구를 하지, 운동장을 뛰려고 축구를 하는 것은 아니지 않은가. 당장 눈앞의 성과를 위해, 그동안 그렇게 해왔다는 이유만으로 아이들의 가능성을 희생시키는 일은 절대로 없어야 한다.

아직 다 자란 게 아니라면 무리한 충격을 가해선 안 되고
어린 고사리를 다루듯
어린아이들도 그렇게 조심스럽게 다루어야 한다.

내가 아이들을 훈련시키며 중요하게 생각했던 것 중 하나가 바로 근육이었다. 방바닥을 물걸레질 하거나 행주로 식탁을 닦다 보면 오래되고 뭉친 흔적은 손 밑에서 툭, 하고 걸린다. 근육을 만지는 분들의 이야기로는 어린 선수들의 몸을 관리해주다 보면 이미 손끝에서 뭉치고 상한 근육들이 툭, 툭 걸린다고 한다. 나는 돈은 없었지만 흥민이가 축구를 시작하면서 초등학교 5, 6학년 때부터 마사지 전문가를 찾아다녔다. 뭉친 근육을 풀어줘야겠다는 생각과 성장에 도움이 되겠다는 생각이었다. 과학적 수치를 근거로 했던 것은 아니었다. 어떤 일이든 기초 작업이 확실해야 한다는 생각으로 혼자만의 확신을 가지고 행했다. 독일과 영국에 있을 때도 마사지해주는 분, 침을 놔주는 분을 구해서 모셔오곤 했다. 지금

도 경기 일정을 보고 근육 피로도를 예상해 케어 스케줄을 세운다. 치료와 회복, 활력과 경기력 향상, 부상 방지 등 도움받는 부분이 한두 가지가 아니다.

이제 막 독일에서 뛰는 유소년 선수에게 전담 마사지 선생님을 구해 항공편을 예약하며 큰돈을 들이는 나를 주변 사람들은 이해하지 못했다. 돈이나 있었나. 당시 내겐 빚만 있었다. "왜 이런 걸 하느냐, 이런 게 왜 필요하느냐?"라는 질문에 나는 이렇게 답한다.

"나는 여기에 들어가는 돈이 하나도 아깝지 않다. 이런 관리를 통해 흥민이가 선수로서 최상의 컨디션으로 구장에 들어가 자신이 원하는 만큼 경기력을 펼쳤을 때, 관중들의 박수를 받을 때, 그 순간이 가장 행복하다면, 그걸 돈으로 바꾸겠는가? 이 행복이 돈으로 환산이 가능하겠는가?"

'행복'을 생각하면 돈은 하나도 아깝지 않다. 번 돈을 그대로 다 쓴다 하더라도 중요한 것은 '행복과 성장'이다. 내 안에서 생각의 균형을 잡는 키워드였다.

아이들이 가장 좋아하는 일을 가장 행복하게 할 수 있도록 어른들이 도와주어야 한다. 부모든 지도자든 그 부분에 초점을 맞춰야 한다. 나는 명지대에서 상무축구단으로 입단하면서 성인 축구에 처음 발을 들여놓았다. 그제야 학원 스포츠 세계와 작별한 것이다. 나는 아직도 축구를 하고 싶어 인생의 단계마다 문턱을 넘는 아이들을 생각하면 마음이 아려온다. 축구를 하고 싶은 아이와 그 아이의 미래를 위해 모든 걸 걸고 지원해주고 싶어 하는 부모 마음. 다른 건 몰라도 그 마음만큼은 내가 잘 알고 있다는 생각이다. 나는 미치게 축구선수로 뛰고 싶던 아이였고, 내 아들만큼은 행복한 축구선수로 성장하길 간절히 바라는 부모이다.

우리는 어릴 때부터 성적을 내기 위한 경기 중심으로 뛰었다. 성적을 목표로 두면 시행착오를 통한 진정한 경험을 쌓지 못하고 창의적인 플레이를 시도하지 못한다. 선수 스스로 생각하는 힘을 기를 기회를 놓친다. 또한 일찍부터 승부 세계에 노출된 아이들은 전성기로 뛰어야 할 나이에 이미 하나둘 고장 나기 시작한 몸으로 버티고 버틴다. 우리의 성과지향주의는 스스로를 착취하고 본의 아니게 내 아이까지 착취하는 결과를 만들어낸다.

다른 사람 이야기가 아니다. 내가 그랬다. 내 축구는 볼품없었고 이른 은퇴는 곧 내가 내 몸 관리를 잘못했다는 방증이다. 운이 좋아서 프로선수로 뛰고 가슴팍에 잠시 태극마크도 달아봤지만, 그래도 늘 의문은 따라붙었다.

'왜?'

나한테 이 물음표는 항상 내려가지 않는 체증처럼 남아 있었다. 왜 꼭 이런 방식으로 훈련해야 하지? 왜 꼭 이렇게 경기를 뛰고 성적을 내야 하지? 왜 이런 무의미한 방식으로 몸을 망가뜨려야 하지? 왜 선수들을 이런 환경에 내몰아야만 하지?

내 아들은 나처럼 자라게 할 수 없었다. 역발상이 필요했다. 다른 환경이 필요했다. 나와는 다른 세상의 축구를 접하게 하고 싶었다. 자식 가진 부모는 내 자식에게 좋은 기회가 주어지길 바라고, 좋은 것을 주고 싶은, 다 같은 마음이다. 내 아이가 경기를 뛰어야 하니까 내 아이가 학교에 진학해야 하니까 부탁과 대가가 오간다. 축구판에 축구 이외의 거래가 따라붙는다. 축구를 좋아하고 축구밖에 할 줄 아는 게 없는 아이에게 축구를 하게 해주고 싶은 부모 마음도 이해 못 하는 바는 아니나 사실 조금 냉정하게 생각해야 한다.

이제는 정말 부모가 먼저 생각을 바꿔야 한다. 대학에 입학할 수준이 되지 못한 아이를 억지로 끌어올리지 말아야 한다. 축구 생명을 연장시키고 싶어 수단과 방법을 가리지 않고 대학을 보내놓으면 돈과 노력, 무엇보다 가장 소중한 자식의 시간과 미래를 낭비하는 것이다. 대학 4년이라는 시간을 왜 그렇게 허비하는가. 차라리 그 시간에 책이나 한번 실컷 읽어보라고 말하고 싶다. 그렇게 믿고 지켜보면 달라진다. 아이가 스스로 살아갈 길을 충분히 찾아낸다.

어려운 일이라는 것 너무도 잘 알고 있다. 내가 낳은 자식에게 그렇게 모질고 냉정하게 대하기 어렵다는 것 또한 잘 알고 있다. 하지만 엘리트 스포츠에만 매달리는 것에 한계를 느낄 때가 찾아온다. 대학에 진학할 실력이 안 되고 프로에 입단할 실력이 안 된다면 냉정하게 그만둘 수도 있어야 한다. 그만둬야 할 때 그만두는 것도 용기다. 그렇지 않으면 인생의 행로가 엉키게 된다.

축구가 아무리 인생의 전부였다 해도 지금의 시스템에서는 선수 생활을 포기해야 할 때가 반드시 찾아온다. 축구만 하면서 자랐다 해도 그 이후의 삶은 다르게, 더 좋게 바뀔 수 있다는 믿음이 필요하다. 그러려면 개인의 힘만으로는 부족하다. 부모가 돕고 사회가 도와야 한다.

기회가 있는 사회가 좋은 사회가 아니던가. 넘어져도 다시 일어날 기회가 있는 사회. 프로선수만 떠받드는 현재의 구조는 어쩌면 기회가 박탈된 것과 다를 바가 없다. 이 구조 안에서는 개인은 힘에 부친다.

이 부분에서는 아무래도 유럽을 예로 들 수밖에 없겠다. 우리보다 먼저 축구라는 운동을 서민의 일상 문화로 정착시킨 곳이기 때문이다. 사실 유럽에서, 그러니까 독일 축구, 잉글랜드 축구에서 부러운 것은 전 세계의 이목을 집중시키는 최고 리그를 가졌다는 것이 아니다. 그보다 더 부러운 것은 그들이 탄탄한 하부 리그를 가졌다는 사실이다. 독일 축구, 잉글랜드 축구는 분데스리가나 프리미어리그가 전부가 아니다.

독일은 12부 리그, 잉글랜드는 20부 리그까지 있다. 예컨대 독일은 1부 푸스발-분데스리가, 2부 분데스리가2, 3부 리가3의 프로리그가 있지만, 세미프로인 4부 레기오날리가, 그 밑으로 지역별로 여덟 개 등급의 하위 리그가 더 있다. 1960년대 초에 독일이 프로축구의 모델로 삼았던 잉글랜드는 현재 1부 프리미어리그를 비롯해 2부 EFL챔피언십, 3부 EFL리그1, 4부 EFL리그2의 프로리그가 있고, 세미프로인 5부 내셔널리그, 6부 남/북 내셔널리그, 이렇게 레벨 11까지 리그 시스템이 있고, 그 밑으로 다섯 개 등급의 하위 리그가 더 있다. 또 아마추어 리그가 열 개 등급 가까이 있으니 다 합치면 20여 개의 하위 리그가 있는 셈이다.

이렇게 탄탄한 하부 리그가 있다 보니 뛸 수 있는 무대가 아주 많다. 선택의 폭이 넓고 다양하다. 최근 우리 리그 시스템도 하부 리그를 구축하는 방향으로 가고 있어 다행이라고 생각한다. 1~2부만 아니라 3~4부가 있고 그 밑으로도 5부, 6부, 7부, 8부 리그가 있으면 자기 수준에 맞는 리그에서 뛰면 된다. 그래야 한다.

축구가 정말 좋아서 포기할 수 없겠다 싶으면 하위 리그 선수로 뛰는 것이다. 하부 리그가 탄탄하게 구축되어 축구를 하고 싶은 사람이라면 모두 뛸 수 있는 나라가 되길 바란다. 몇 부 리그에서 뛰느냐를 떠나서, 축구를 자기 스스로 의도해서 그만두지 않는 한, 축구를 하고 싶은데 환경이나 상황 때문에 어쩔 수 없이 그만둬야 하는 상황은 없었으면 좋겠다. 자기 수준에 맞는 리그에서 원하는 만큼 활동해보고 타의에 의해서가 아닌 자의에 의해서 축구를 그만두는 것. 그래야 자신의 의지로 다른 미래를 그릴 힘이 생길 것이다.

자신이 선택해서 자기 의지를 발휘하여

능동적이고 주도적으로 살지 않으면 자신을 잃게 된다.

자신이 자기 삶의 주인공이라는 의식을 갖는 게 중요하다.

뛰어난 축구선수가 되는 게 전부가 아니라

주도적인 삶을 이끄는 사람이 되는 것이 먼저여야 한다.

거기에 모든 노력을 기울여야 한다.

내가 홍민이에게 하는 말들

난 참 엄한 아비였다. 부정할 수 없는 사실이지만 이제 그것도 옛말이다. 지금은 부모 된 도리로 자식이 하고자 하는 일에 도움을 줄 수 있는 부분을 찾아 지원할 뿐이다. 홍민이를 밀착마크하듯 곁에 있는 인상 딱딱한 아비의 존재에 대해 여러 말들이 오가는 것 또한 알고 있지만, 나는 그저 내가 할 수 있는 일들을 한다. 성인이 된 자녀 인생 앞에 감 놔라 배 놔라 하는 건 이치에 맞지 않을뿐더러 주제넘는 짓이다. 홍민이 삶의 주도권은 홍민이에게 있고, 모든 결정은 그가 하는 것이다. 그의 인생이다. 그리고 나의 인생 또한 오롯이 존재한다.

축구선수였던 아비가 축구선수인 아들 곁에 맴도는 모습을 보고 어떤 이들은 아비의 못다 이룬 꿈을 아들에게 실현시키려 한다 하고, 또 어떤 이는 늘 아비와 함께하는 아들을 낮잡아 보려 한다.

사람들의 평가 따위는 중요하지 않게 여기는 성격이라 이러면 어떻고 저러면 어떠한가 싶다가도, 기회가 되면 하고 싶은 말은 있다.

누군가 나에게 흥민이가 성공했다며 축하를 전하면 나는 먼저 그분에게 감사하다고 인사한다. 사람마다 행복과 성공의 기준이 다르듯 그분과 나의 성공의 기준은 다르겠지만, 그분의 입장에서 성공한 것이라 인정해주신 것이니 감사하지 않을 수 없다. 하지만 여기서 중요한 것은, 그것은 오직 흥민이, 그의 성공이다. 나와는 무관하다.

나는 아내에게 말한다.

"당신이 성공하면 그 성공은 온전히 당신의 성공이야."

아이들에게도 말한다.

"너희들이 성공하면 그 성공은 온전히 너희들 것이다."

자식의 성공을 내 성공이라고 여기고, 배우자의 성공을 내 성공이라고 생각하는 사람이 생각보다 많다. 하지만 다 각자 다른 성공이다. 이것은 확연하게 구분 짓고 살아야 한다.

성인이 된 흥민이에게 나는 더 이상 많은 말을 하지 않는다. 영국 집에서 아내와 나, 흥민이가 지낼 때 집은 절간같이 고요하다. 나는 조용히 나의 역할을 수행한다. 영국에서 나의 생활은 새벽 4시 반에 시작한다. 일어나 창문을 열고 환기를 시키고 흥민이와 아내가 깨지 않게 조용히 청소를 한다. 내 방, 거실, 주방, 화장실, 청소기를 돌리지 않고 할 수 있는 청소를 미리 해두면 아내가 일어나 간단하게 과일과 식빵으로 아침을 준비한다. 세 식구의 단출한 아침 식사가 끝나면 흥민이는 운동하러 떠나고 나는 그때부터 청소기로 집 안 모든 곳을 청소한다. 청소 시간은 두 시간 이상을 할애하는데, 청소하는 시간은 나에게 사색의 시간이다. 생각을 정리하고 아이디어를 떠올리고 지난 일들을 돌아본다. 마치 산책과도 같고 때론 참선과도 같다. 반복되는 동작 속에서 물결치던 마음은 고요히 정돈되고, 어디에 숨어 있었는지 몰랐던 질문의 해답들이 우물처럼 차오른다. 그 시간을 무척 좋아한다. 청소를 마치고 한 시간 반 동안 개인 운동을 하면 점심시간. 그리고 오후에는 책을 읽는다. 흥민이 경기가 없을 때는 저녁 식사 후 8시 반이 되면 잠자리에 들지만, 경기가 있는 날은 새벽까지 흥민이를 기다렸다 몸 상태를 살피고 편히 쉴 수 있도록 케어한 후 새벽 3시경 잠자리에 든다. 그것이 나의 일상이다.

아이가 열일곱 열여덟 살 때야 이런저런 조언을 많이 해주었다. 경기에 대한 피드백도 해주고 삶의 태도에 대해 지적도 덧붙였다. 하지만 지금은 많은 말이 필요치 않다. 아직도 꾸준히 하는 말은, 흥민이가 경기 하러 나가는 날 문밖으로 배웅 나가 꼭 안아주며 하는 말 정도겠다.

"흥민아, 오늘도 마음 비우고 욕심 버리고 승패를 떠나서 행복한 경기 하고 와라."

이것이 내가 바라는 유일한 것이기 때문이다. 훈련할 때 재미있게 하고 경기할 땐 욕심내지 않는 것. 그것이 내가 생각하는 축구선수가 꿈꿀 수 있는 전부이다.

"삶을 멀리 봐라. 그리고 욕심을 내려놓아라."

나는 농부의 입장에서 흥민이에게 항상 이야기한다.

"올 시즌에는 상황이 조금 어려울 수도 있지만 올 시즌 조금 어려웠다고 내년 시즌이 어렵다고 볼 수 없다. 농부가 올해 풍년이 들면 다음 해에 흉년이 들 수도 있고, 올해 흉년 들었는데 내년에는 풍년이 들 수도 있는 거다. 그것이 삶이고 그것이 자연의 이치다. 계속 풍년만 들기를 바라는 것이 욕심이다."

운동선수에게 승패만큼 중요한 것이 없다고 생각하겠지만, 행복에 초점을 맞추고 보면 승패에 연연하는 마음을 초월할 수 있다. 오늘 경기가 잘 풀리지 않았다 해도 오늘 축구를 할 수 있었음에 감사할 수 있는 선수. 오늘 경기가 잘 풀렸다면 그 행복감을 만끽하는 선수. 돈과 명예를 떠나 공을 찰 수 있음에 감사와 행복을 느끼는 선수. 멀리 봤을 때 나는 이것이 답이라 생각한다.

그리고 운동선수에게는 언젠가 반드시 은퇴의 시간이 찾아온다. 은퇴 후 후회하지 않기 위해서는 어제의 승패를 가지고 논한다는 것 자체가 돌아보면 아무것도 아님을 알아야 한다. 지금 아무리 대표선수고 좋은 성적을 내는 선수라 하더라도 은퇴하고 나면 아무엇도 아니다.

승패에 연연하고 그날그날의 경기력에 기분이 좌지우지된다면 절대로 오래갈 수 없고, 또 그렇게 선수 생활을 이어간다 해도 은퇴 후에는 후회스럽기만 할 것이다.

"승패에 연연하지 말고, 욕심 부리지 말고, 그 모든 것을 초월해서 어릴 때부터 항상 했던 것, 마냥 즐거웠던 것, 오늘 졌어도 즐겁고 이겨도 즐겁고 경기 내용이 좀 안 좋아도 즐겁고 경기 내용이 좋아도 즐겁고. 네가 몸 관리 잘해서 은퇴를 1~2년이라도 늦출 수 있으면 된다. 은퇴하고 나면, 이 시간이 너무도 그리울 것이다. 오직 네 행복을 위한 축구를 해라."

나
의
아
킬
레
스
건

  군 생활을 마치고 1986년 말 현대호랑이(현 울산현대)로부터 입단 제의를 받고 1987년 현대에 들어갔다. 프로축구선수가 된다는 건 꿈만 같은 일이었다. 1987년 시즌에 나는 현대호랑이의 최전방 공격수로 16경기에 출장해 5골을 넣었다. 7월 25일 유공코끼리와의 인천 경기에서 넣은 헤딩골이 프로 무대 나의 데뷔골이었다. 이때가 내 짧은 전성기가 아니었나 싶다. 무서울 게 없던 시절이었다. 주력에는 자신이 있었다. 공간으로 공을 차 넣고 전력 질주해 수비수를 벗겨내는 것이 내 특기였다. 그러나 공을 차면 찰수록 나 자신에게 불만이 쌓여갔다. 더 잘하고 싶다는 생각 하나로는 뭔가 부족했다. 골망을 흔들기 위해서는 보다 정확해야 했고 좀 더 섬세해야 했다. 한번 굳어진 습관은 교정하기 어려웠고 부족한 기본기는 쉽사리 채워지지 않았다. 축구를 시작한 이후 혹독하게 훈련했지만 애당초 뭔가가 부족했다는 느낌이 들었다. 그게 뭘까? 이 물음이 오랫동안 머릿속을 떠나지 않았다. 이 숙제를 풀지 않으면 안 된다고 생각했다.

1989년에 나는 일화천마(현 성남FC)로 팀을 옮겼다. 박종환 감독이 당시 새로 창단된 일화천마에 부임하며 나를 불렀다. 박종환 감독은 1983년 멕시코 세계청소년축구선수권대회(현 국제축구연맹 20세 이하 월드컵)에서 한국 청소년대표를 4강에 진출시키며 국민적인 영웅이 된 분이었다. 그때껏 우리나라 대표팀이 국제축구연맹이 주관하는 공식 국제축구대회에서 그렇게 좋은 성적을 거둔 적은 없었다. 전국에서 온 국민이 우리나라 청소년대표가 브라질 팀과 4강전을 치르는 모습을 생중계로 지켜보았다. 우리가 선제골을 넣었을 때는 온 나라가 들썩일 만큼 모두가 펄쩍펄쩍 뛰면서 열광했다. 역전패를 당하긴 했지만, 이 대회는 '멕시코 청소년 월드컵 4강 신화'로 기억되면서 오랫동안 사람들의 뇌리에서 지워지지 않는, 말 그대로 불멸의 신화가 되었다.

박종환 감독의 인기는 상상을 초월했다. 히딩크 감독이 부임하기 전까지 가장 대중적인 사랑을 받은 인물, 대중에게 축구 감독의 중요성을 처음으로 일깨워준 인물이 바로 박종환이다. 그런 사람에게 발탁됐다는 건 분에 넘치는 행운이었다. 현대를 그만두고 공백기를 갖고 있던 내게 그분의 제안은 단비 같았다. 일화에 입단한 나는 합숙을 하며 겨울을 났다. 공백기를 만회하려고 무던히

애썼다. 3월 18일, 일화천마는 창단식을 열어 정식 출범했고, 3월 25일 프로축구리그가 개막됐다.

28번이 내 유니폼 백넘버였다. 1989년 4월 1일 럭키금성(현 FC서울)과의 2차전이 벌어졌다. 일주일 전 열린 개막전에서 2대 2로 무승부를 기록했고, 이제 신생팀의 저력을 보여줘야 할 때였다. 심판의 휘슬이 울리고 일화의 킥오프로 경기가 시작됐다. 우리 선수가 중앙선에서 공을 띄웠고 다른 선수 하나가 백헤딩으로 공을 떨굴 때 럭키금성 골키퍼가 달려 나오는 게 보였다. 공이 백헤딩으로 떨어지는 지점을 향해 나는 질주했다. 그리고 왼쪽으로 흐르는 공을 간발의 차이로 골키퍼보다 먼저 건드려 오른발로 툭 차서 방향을 바꾸어놓았다. 공은 골키퍼를 살짝 비켜나 골문 안쪽으로 굴러 들어갔다. 경기 시작 1분 만이었다. 시작하자마자 내가 골을 넣은 것이다. 나는 믿기지 않아 팔짝팔짝 뛰면서 관중석 쪽으로 달려갔다. 동료들이 달려와 나를 얼싸안았다. 세상을 다 얻은 것처럼 좋았다. 박 감독님과 일화에 누가 되지 않아서 기뻤다. 우리는 이날 경기에서 1대 0으로 이겼다. 경기 시작과 함께 넣은 내 골은 그대로 결승골이 되었다. 일화 창단 첫 승리였다. 일화가 창단된 후 나온 첫 승을 결정지은 골의 주인공이 나라는 것이 믿기지 않았다. 나로서는 첫 단추를 잘 끼운 것이다.

나는 이후 경기에도 계속 중용됐다. 선발로 경기장에 들어설 때의 설렘은 말로 표현할 수 없다. 선수들 움직임 하나하나가 다 신

경에 전달되면서 온몸에 팽팽한 긴장이 감돈다. 그 긴장은 무척 강
도가 세다. 하지만 그 압박감이 오히려 쾌감을 준다. 그 맛을 아는
사람은 어쩔 수 없이 축구를 사랑하게 된다. 경기장에 나설 기회
가 주어진다는 것 자체가 행복감을 준다. 물론 레프트윙 포지션의
공격수로서 반드시 골을 넣어야 하는 상황에서 골을 놓쳤을 때는
나 자신이 너무 원망스럽고 한심해 보였다. 조금만 정교하게 처리
했다면 넣을 수 있는 골을 놓치기도 하고 주력만 믿고 날뛰다가
공을 빼앗기기도 했다.

돌이켜보면 나는 마음만 앞섰지 제대로 할 줄도 모르면서 축구
를 했다. 축구가 무조건 좋았다. 사랑한다면, 순간순간에 충실해야
하고 책임을 질 수 있어야 한다. 이 책임은 일차적으로 대상을 향
한 것이 아니라 나 자신을 향한다. 자신에게 부끄럽지 않아야 한
다. 나는 이것이 시간의 밀도를 다루는 문제와 관련되어 있다고 생
각한다. 우리 인생은 영원하지 않기에 한순간도 허투루 쓸 수 없
으며 그냥 흘려보내서도 안 된다. 이 단순한 이치를 나는 어리석게
도 아킬레스건이 파열되고 나서야 깨닫게 되었다.

1989년 5월 9일, 동대문운동장에서 대우로얄즈와의 경기였다.
나는 이날도 선발로 나서서 레프트윙으로 뛰었다. 앞선 경기들에
서 좋은 기회를 번번이 날린 나는 악에 받쳐 있었다. 이번에는 반
드시 골을 넣고 말겠다고 이를 악물었다. 전반을 악바리같이 뛰어

다니며 공을 다루었다. 공간이 있으면 파고들어 어떻게든 골을 만들려고 했지만 헛수고였다. 전반이 그렇게 막바지에 다다랐다. 경기에 몰두해 공을 치고 달리려는데 발뒤꿈치에서 빡, 하는 소리가 났다. 순간 격한 통증이 밀려와 쓰러지고 말았다.

아킬레스건 부상은 말도 못하리만큼 아프다. 뼈가 부러진 것보다 더 아프다. 상무 시절 쇄골이 부러진 적이 있는데 그때보다 더 극심한 고통을 겪었다. 의무진이 들어와 벤치에 뛰기 어려울 것 같다는 의사를 전했다. 전반전 2분 정도 남은 상황이었다. 벤치의 코칭스태프들은 지금 교체하기엔 시간이 다 됐으니 누워 있든 앉아 있든 서 있든 그 시간만 버티고 전반전을 마무리하라는 지시가 떨어졌다.

하는 수 없이 필드에서 이러지도 저러지도 못한 채 아픈 다리로 버티고 있는데 반대쪽에서 내 쪽으로 볼이 넘어왔다. 이건 경험해 본 사람만이 알 수 있는 상황인데, 그때 나는 본능적으로 움직였다. 공으로 향해 달려가 반사적으로 머리를 갖다 댔고 그게 골로 연결됐다. 아픈 것도 잊은 채 미친 듯이 뛰며 기뻐했다. 그러고는 전반전이 종료됐다. 이 경기에서 일화천마는 대우로얄즈를 2대 0으로 이겼다. 하지만 나는 치명상을 입었다. 피멍이 든 다리는 결국 수술대에 올랐고 재활에 들어갔다. 지루한 재활을 끝내고 이듬해 일화 구단에 복귀할 수 있었지만, 몸은 예전과 달랐다. 내가 원하는 만큼 속도가 붙지 않았다. 가뜩이나 만족스럽지 않은 실력이었는데 이 몸으로 뭘 더 할 수 있을까 싶었다. 스피드 하나 자신 있었던 것인데 그마저도 이전 같지 않았으니…… 얼마나 오랫동안 고민하고 고민했는지.

1990년, 난 결국 은퇴했다. 아쉽고 아쉬웠다. 너무도 뛰고 싶었다. 프로선수 4년 차. 통산 37경기 출장 7골. 오른발로 2골, 왼발로 3골, 헤딩으로 2골. 이것이 내 K리그 기록이다. 보잘것없는 이 기록이 내가 살아온 이십 대의 흔적이다.

아무리 부정하려 해도 현실은 냉엄했다. 축구를 향한 열망은 마음 깊은 곳으로 삭이고 제2의 인생을 꾸려야 했다. 다른 건 배운 것도 없고 연고도 없고, 정말 아무것도 없었다. 맨땅에서 다시 시작해야 했다. 아쉽고 허무하고 눈물도 났다. 꿈속에서의 나는 피치 위에서 뛰고 있었다. 하지만 원망하고 후회하고 방황할 시간은 없었다. 그건 사치다. 과거에 얽매이면 미래를 잃는다. 어차피 일어난 부상과 은퇴였다. 그것은 과거다. 과거로 인해 소중한 나 자신과 가족을 망가뜨릴 수는 없었다. 내가 무슨 일을 하든 '나는 나'다.

나에게 중요한 건 나 자신이다.
원망하고 후회하고 방황하며 내 인생을 낭비할 수 없었다.
내 몸을 망칠 수도 없었다.
그렇게 그 시간을 이겨냈다.

은퇴 후,

뛰고 싶었습니다. 많이 뛰고 싶었습니다.

나와 흥민이한테는

축구가 인생의 전부입니다.

하지만 이 세상의 전부가 축구인 것은 아닙니다.

세상에는 해야 할, 할 수 있는 다른 일도 많습니다.

우리가 우물 안 개구리처럼

자기 것, 그동안 해온 것,

이미 알고 있는 것에만 집착하면

비좁은 곳에 갇혀 갑갑하게 살아가야 할 것입니다.

그러니 두 개의 창문을 모두 열어야 합니다.

바람이 지나가도록.

마음의 창문도, 가능성의 창문도 모두 열어놓고

자주 환기를 해야 합니다.

기
회
의
신

기회는 부지불식간에 찾아온다. 살다 보면 누구나 '이때다!' 싶은 순간이 온다. 일상적인 시간과 다른 이 순간을 우리는 기회라고 부른다. 경기장 안 스물두 명의 선수는 기회를 찾아 달리고 기회를 잃고 탄식하고 기회를 잡아 환호한다.

이탈리아 북부 토리노 박물관에는 기이하게 생긴 조각상이 하나 있다. 앞머리는 무성한데 뒤통수에는 머리카락이 없고, 어깨와 양발에는 날개가 달린 벌거벗은 남성의 조각상. 바로 기회의 신 카이로스의 형상이다. 조각상이 그런 모습을 하고 있는 이유에 대해서는 이렇게 설명한다. '앞머리가 무성한 이유는 내가 누구인지 금방 알아차리지 못하게 함이고, 또 발견했을 때 쉽게 잡아챌 수 있게 함이다. 뒷머리가 민머리인 이유는 한번 놓치고 지나가면 다시 잡기 어렵게 하기 위함이며, 어깨와 발에 날개가 달린 이유는 최대

한 빨리 사라지기 위함이다.'

　카이로스의 형상은 인생에서 찾아오는 기회와 타이밍에 대해 생각하게 한다. 나에게도 그랬다. 기회는 늘 조용하고 수줍게 찾아왔다 날쌘 토끼처럼 순식간에 도망갔다.

　삶은 몇 번의 기회를 준다.
　무심하게, 혹은 선물처럼.
　그 기회를 잡는 자와 흘려보내는 자가 있을 뿐이다.

　돌아보면 '그때가 기회였구나' 후회하게 될 때도 많지만 기회임을 알아챘을 땐 망설일 것도 계산할 것도 없다. 그냥 잡아야 한다. 아비로서 내가 본 흥민이의 첫 번째 기회는 대한축구협회의 우수선수해외유학 프로그램이었다. 당시 대한축구협회는 우수한 고교축구선수를 선발해 유럽과 남미 등 축구 선진국으로 유학을 보내는 프로그램을 진행하고 있었다. 흥민이가 중학생일 때부터 우리 부자는 이 유소년 축구 유학프로그램에 관해 잘 알고 있었다. 내가 흥민이와 개인 훈련을 하면서 짬짬이 그 유학프로그램에 참여한 학생들의 일기를 프린트해서 보여주곤 했기 때문이다. 당시 컴퓨터를 잘 다룰 줄 모르던 내가 딱 한 가지 할 수 있는 게 그것이었다. 컴퓨터를 켜서 대한축구협회 홈페이지를 찾아 들어가 유학생들의 일기를 보고 프린트 버튼을 누르는 것. 프린트한 선수들의 일기는 내가 먼저 읽고 중요한 부분을 밑줄 쳐 홍민이에게 읽어보라고 건네주곤 했다. 해외에 있는 선배 선수들이 어떤 환경에서 어떤 훈련을 하고 있는지를 간접적으로 느끼고 배우게 하기 위해서였다.

홍민이에게 기회가 찾아온 건 6기 유학생을 선발할 때였다. 엘리트 축구와는 거리가 먼 생활을 했던 홍민이었기에 이런 프로그램 선발에서는 큰 희망을 걸기 어려운 게 사실이었다. 갑자기 나타난 아이였고, 중학교 2학년 때가 되어서야 정식 축구부 소속이 된 아이였다. 그런데 6기 때는 유학생들이 소속될 독일 현지에서 직접 사람을 보내 아이들을 테스트하고 선발한다는 이야기가 전해졌다. 그렇다면 가능성이 있다고 판단했다. 입찬소리를 하지 않는 편이지만 이때만큼은 테스트를 준비하는 홍민이에게 말했다.

"아빠는 가능성이 있다고 본다."

결국 홍민이는 2008년 우수선수해외유학 프로그램 6기에 선발됐다. 나는 마음이 급했다. 이건 지금 홍민이에게 기회였고, 없는 살림이라 해도 아끼고 잴 것이 없었다. 주어진 상황에서 최선을 다해야 했다. 내가 할 수 있는 모든 일을 하자고 생각했다.

독일행이 결정되자마자 나는 가장 먼저 춘천에 독일어를 할 줄 아는 유학생이 있는지 수소문하기 시작했다. 독일로 떠나기 전까지 남은 시간은 한 달 반. 인사말 하나라도, 한마디 말이라도 독일어를 알고 가면 낫겠지, 그러면 낯선 땅에서 겁먹고 괜히 주눅 들지 않겠지 하는 마음이었다. 어렵사리 독일에서 대학원을 다니다 들어왔다는 유학생 한 명을 찾아냈다. 내가 감당하기 어려운 고액의 과외였지만 열흘에 한 번씩 수업료를 꼬박꼬박 지불하며 독일어를 익히게 했다. 선수 생활을 해본 내 깜냥으로도 해외에 나가면 가장 중요한 것이 언어라는 걸 어렴풋하게나마 알 수 있었다. 생존을 위해서는 기본적인 언어를 습득해야만 했다. 스스로 말하지 못하고 자기표현을 할 수 없으면 경기뿐만 아니라 일상생활도 어렵다. 언어는 기회를 제공하는 발판이고, 그 나라에 대한 존중이며, 모든 것의 시작이다.

다음으로는 앞서 선발된 아이들의 해외 생활 일기를 재검토하며 현지에서 필요한 사소한 물건들을 챙기고 정신 무장도 함께했다. 유럽은 습하고 잔디가 깊다는 것을 고려해 축구화도 현지 상황에 맞게 준비했다. 일반 축구화를 신고 달리다가는 미끄러지기 일쑤라 소용이 없어 나사로 조이는 스터드가 달린 축구화를 마련했다. 스터드는 '징'이라고도 하고 '뽕'이라고도 하는데, 내가 준비해준 것은 쇠뽕이 달린 축구화였다. 이 축구화는 지면과의 접지력을 높여 미끄러짐을 방지하고 달리는 속도를 키워준다. 축구를 할 때는 그곳이 맨땅인지 인조잔디인지 천연잔디인지를 살펴서 준비해야 한다. 아무리 좋은 축구화를 수십 켤레 마련한다 해도 질척이고 무른 잔디 상태, 운동장 상태를 고려하지 않고 무턱대고 갔다가는 낭패를 볼 수 있다. 내가 얻을 수 있는 정보, 경험해서 알고 있는 것들을 취합해서 준비를 마쳤다. 2008년 7월 29일, 흥민이는 가족을 떠나 독일행 비행기에 올랐다. 나는 독일로 떠난 아들에게 매일 한 번씩 전화 통화를 하며 먼 타지에서 보낸 하루의 이야기를 나누고 해이해지기 쉬운 마음을 가다듬어주었다.

"네가 거기서 살아남으려면 나태하거나 게으르거나, 남하고 똑같이 해서는 생존할 수 없다. 남 잘 때 같이 자고 남 먹을 때 같이 먹고 남 놀 때 같이 놀면 절대 남을 앞서갈 수 없다."

성공은 선불이다. 그건 분명하다. 성공은 10년 전이든 15년 전이든 내가 뭔가를 선불로 지불했을 때 10년 후에든 15년 후에든 20년 후에 성공이 올 수 있는 가능성이 있다. 그 전에 지불을 안 했는데 내 앞에 어느 날 갑자기 성공이 찾아오지는 않는다. 흥민이의 하루에 대해 묻고 독려할 때 고맙게도 흥민이는 내 당부를 귀 담아 들어주었다. 흥민이는 노력했고, 버텼고, 적응했다.

흥민이도 자기 삶의 배수진을 친 상태였다. 초나라의 항우가 계속되던 진나라와의 일전을 위해 전군을 끌고 황하를 건넜을 때 모든 배를 침몰시키고 가마솥을 부숴 못 쓰게 만들었다. 열일곱 살 흥민이도 아마 그 시간만큼은 항우의 파부침선破釜沈船의 마음이었을 테다. 이번 전투에서 지면 타고 돌아갈 배도, 밥을 해먹을 가마솥도 없으니 결연한 의지를 낼 수밖에 없다. 다니던 동북고등학교는 입학한 지 3개월 만에 자퇴서를 제출한 상태였고, 독일에서 계약이 진행되지 않으면 돌아와 적籍이 없는 아이가 되는 것이었다. 나는 당시 설령 그렇게 된다 하더라도 나와 함께 훈련하면 된다고 생각했지만 굳이 흥민이에게 말하진 않았다. 흥민이는 그 시절을 생각하며 말하곤 한다.

"독일에서 안 될까봐 두려웠어. 그래서 힘든 것도 끝까지 참고 견뎠어."

고등학교 1학년, 열일곱 살의 나이로 혼자 말도 통하지 않는 나라에 가 운동선수로 뛰며 자신의 역량을 보여준다는 것이 얼마나 어려운 일인지 짐작이 가고도 남는다. 하지만 만약 흥민이가 그때 독일에서 계약이 되지 않고 돌아왔다 해도 나는 그것이 실패라고 생각하지는 않는다. 철저히 준비했고 좋은 기회를 잡아 원하는 방향으로 이루어진 것은 감사한 일이지만, 설령 그렇게 되지 않았다 해도 실패는 아니다.

아이들의 일에 실패란 없다.
오직 경험만이 있을 뿐이다.

흥민이가 1년간의 유학 생활을 마치고 독일 함부르크와 계약했을 땐 난 결단을 내렸다. 춘천에서의 모든 생활을 접고 독일로 들어갔다.

6 감사와 겸손

"축구에서는 위를 보고
삶에서는 아래를 보라"

밥
짓
는
아
비

결정적인 순간에 가장 중요한 것이 뭔지를 생각하고 그걸 밀어붙여야 한다. 세속적으로 표현하자면, 투자는 생산을 결정한다. 투자를 해야 뭔가를 얻을 수 있다. 그것이 나의 시간이든 열정이든 삶이든. 나는 아들과 함께 성장하는 시간에 나 자신을 투자하기로 했다. 흥민이는 자신의 축구를 더 완성시키기 위하여 흥민이 자신을 투자하기로 했다.

2009년 여름, 1년간의 유학프로그램이 끝나고 얼마 지나지 않아 나도 흥민이가 있는 독일로 들어갔다. 비자가 없으니 나는 독일에서 최대 90일까지만 머물 수 있었다. 90일마다 한국과 독일을 오갔다. 그때 지인이 가장 싼 항공편을 알아주느라 애를 썼다. 돈도 없이 아들 뒷바라지를 하겠다고 오가는 내게 그런 도움은 참으로 감사하다. 아직도 그 은혜를 다 갚지 못했다.

홍민이가 함부르크에 계약이 된 후 숙소 생활을 시작했고, 나는 근처에 방을 잡고 생활을 시작했다. 이름만 호텔이었지 하룻밤에 50유로, 우리나라로 치면 여인숙 같은 곳이었다. 침대는 딱 내 몸 크기를 감당할 정도였고 방은 세 평 남짓이었다. 내 형편에 그 이상은 바랄 수가 없었다. 그렇게 홀로 3년을 지냈다.

지금도 그때를 생각하면 우습게도 배고팠다는 기억밖에는 나지 않는다. 그때 나는 함부르크 지리도 모르고 돈도 없고 차도 없고 집도 없었으니 50유로짜리 호텔에서 조식으로 제공하는 빵 몇 조각을 먹는 게 하루 중 가장 배불리 먹을 수 있는 유일한 음식이었다. 그곳에서 나의 존재 이유는 홍민이 훈련과 뒷바라지. 그 외에는 생각하지 않았고 그 역할에 충실하려 했다. 새벽에는 서성이며 날이 밝기를 기다렸고, 비 오는 날엔 창밖을 보며 비가 그치기만을 기다렸다. 날이 밝으면 홍민이 숙소로 달려가 홍민이를 깨워 숙소 식당으로 아침을 먹으러 내려 보냈다. 아침 먹으러 간 사이에 나는 내 깐깐한 성격대로 침대까지 들어내 가며 청소를 한 후 홍민이와 지하 웨이트실에서 근력 훈련을 했다. 한번은 홍민이 친구가 따라와 같이 훈련하더니 2층 숙소로 제대로 걸어 올라가지 못한 적이 있다. 지독한 훈련이었다.

홍민이가 훈련을 하러 가는 시간이 되면 나도 남의 차를 얻어 타고 그곳으로 함께 갔다. 훈련을 하고 나오는 데 대여섯 시간이 걸렸고, 나는 그 시간 동안 밖에서 훈련을 지켜보며 서 있었다. 비

오면 비 맞고 눈 오면 눈 맞고, 네가 이기냐 내가 이기냐 심정으로 매서운 함부르크 날씨랑 싸우는 심정으로 버텼다. 훈련장 안으로 들어가는 것이 금지되어 있어 철망 너머로 훈련을 볼 수밖에 없었다. 하루도 빠짐없이 몇 시간씩 서서 아들의 훈련을 지켜보는 내 모습이 독일 신문에 실린 적도 있다. 그래도 훈련은 지켜봐야 했다. 어떤 훈련을 하는지도 봐야 했고, 그곳에서 흥민이의 부족한 점과 고쳐야 할 점들을 찾아 피드백을 해줘야 했다.

그렇게 저녁이 되면 흥민이와 숙소로 돌아와 몰래 숨겨놓았던 전기밥솥으로 밥을 해 아내가 싸서 보내준 밑반찬으로 저녁을 먹었다. 특히 김은 냄새도 나지 않아 우리에게 가장 유용한 반찬이었다. 흥민이나 나나 보양식을 좋아하지 않고 소박한 밥상을 좋아한다. 우리 아이들이 어렸을 때부터 아침은 네 식구 모두 토스트와 시리얼로 간편하게 먹었다. 특별한 계획으로 그렇게 아침 식사를 하게 된 것은 아니지만, 아침에 밥과 반찬을 챙기고 준비하고 유지하는 데 들이는 시간을 단축하고 간소화하자는 생각에 시작된 식습관이었다.

간단한 토스트, 과일 몇 조각, 시리얼 조금. 나는 혼자 살던 이십 대 때부터 이렇게 먹었고, 그 식습관은 자연스럽게 아이들에게로 이어졌다. 속이 부대끼지 않고 부담이 없어 운동하는 선수의 아침 식사로도 손색이 없다. 우리 가족의 이 식습관이 아니었다면 함부르크에서 적응하던 시절 흥민이나 나나 무척 고통스러웠을 거라는 생각이 든다. 아주 사소한 것처럼 보이지만 매일매일 일상을 살아가는 데 필요한 것들에 적응하고 익숙해지는 일이 때로는 큰 숙제가 될 때가 있다. 해외에서 활동하는 선수와 가족들이 음식 문제로 힘들어하는 경우를 종종 보았다. 다행히 흥민이와 나는 아침엔 빵으로 간단히 식사를 했고, 밥심 역시 무시할 수 없으니 저녁은 숨겨놓은 전기밥솥으로 해결했다.

흥민이를 쉬게 하고 여관방으로 돌아오면 방은 차디찼다. 너무 추워 한 시간 반 정도를 침대에서 이불을 머리까지 뒤집어쓰고 내 체온으로 그곳을 덥혀야 잠들 수 있었다. 딱 축구 경기 전후반을 뛰어야 하는 90분간 나는 이불 속에서 몸을 덥혔다. 춥고 배고팠던 생각밖에 안 나는 3년. 하지만 누군가는 고난이 은혜였다고 말하듯, 어린 시절부터 고생은 좀 해봤다 자신했기에 어떤 상황에서도 잘 넘길 수 있었다는 생각이 든다. 웬만한 것들은 예방주사를 맞아서 잘 극복할 수 있었다. 환경은 매끄럽지 않았고 매 순간이 극적이었으나 그러다 보니 위기 대처 능력도 길러졌고 결단력 하나는 자신이 생겼다. 돌아보면 감사하지 않을 일들이 없다. 살면서 그런 생각을 더 자주 하게 된다.

운
칠
기
삼

젊은 시절, 아침에 일어나면 문틈 사이로 들어온 신문을 읽는
것으로 하루를 시작했다. 먼저 신문을 빠르게 훑고 찬찬히 읽어볼
내용이 있는 것은 한쪽으로 빼놓는다. 그렇게 빼놓은 신문은 다시
시간 나는 대로 꼼꼼히 읽는다. 두고 읽어볼 내용이 있으면 오리고
붙여 스크랩을 해둔다. 지금은 독서노트가 내 재산목록 1호가 되
었지만 당시에는 사설과 기사를 스크랩한 커다란 스케치북이 가
장 소중했다. 춘천과 서울을 오가며 일하던 시기 그 스크랩북을
열차에서 잃어버린 적이 있는데 그때의 원통했던 감정이 아직도
생생하다. 정말 아까웠다.

소유와 존재는 늘 사라질 수 있기에 그것에 집착하지 말라고 말
하곤 하는데, 이렇게 잃고 나면 더 절실히 알게 된다.

"물건은 심플하게 소유해야 해. 소유물이라는 건 내가 그것을

소유하는 것이 아니라 그 소유물이 나를 소유하는 거야. 불났을 때를 생각해봐. 불났을 때 그 소유물을 챙기겠다고 욕심을 내는 순간 내 소유물로 인해 내가 죽을 수도 있어. 불이 나면 내 소유물이 장애물이 될 수 있어.”

홍민이도 이 표현이 와 닿았다고 말하는데, 불이 났을 때 네가 가지고 나갈 가장 중요한 것이 무엇인가를 평소 생각해두라는 부분이었다. 불이 났을 때 무엇을 챙겨 들고 대피를 할 것인가. 그것이 나에게 가장 소중한 것이기 때문이다. 나도 스스로에게 물어본다. 생각해보면 답은 독서노트, 그것 하나밖에는 없다.

내가 국가대표 B팀으로 선발됐다는 소식도 아침 신문에서 발견했다. 그날도 여느 때처럼 신문을 읽는데, 국가대표 A팀(1진)과 B팀(2진) 선발 명단이 올라와 있었다. 당시 1988년 서울올림픽 홍보를 목적으로 중남미 6개국 순방을 계획했고, 친선경기를 펼칠 팀으로 국가대표 A팀과 별도로 B팀을 함께 구성했다. 거기에 내 이름이 올라와 있던 것이다. 1987년 10월 어느 날이었다. 국가대표 명단을 발표한다는 얘기도 못 들어본 나는 가장 먼저 이 생각부터 들었다.

‘이 사람들이 뭔가 실수를 했나?’

나중에 들은 이야기지만, 이 선발에서 내가 가장 마지막으로 합류됐다고 한다. B팀이라 하더라도 나를 제외하고는 모두 A팀에 소속돼도 손색이 없을 정도로 다 쟁쟁한 선수들이었다. 나를 뽑는 건 관계자들 입장에서도 약간의 모험이었으리라 본다.

이전 상황을 보자면, 나는 상무 제대를 한 달 앞두고 무릎 부상을 당했다. 현대호랑이에 입단하기로 돼 있던 나는 깁스를 한 채 전반기를 허송세월 보낼 수밖에 없었다. 전반기가 끝나고 휴식기 때야 비로소 깁스를 풀고 재활 훈련에 매진했다. 드디어 몸을 만든 나는 후기리그 첫 경기, 선발로 들어갔다. 이것이 나의 프로 첫 데뷔 무대였고, 앞서 말했듯 그때 인천에서 유공과 펼친 경기에서 헤딩골을 넣었다. 1987년 7월 25일, 나의 프로 데뷔골이었다. 그리고 국가대표 선발 시기 이전까지 내리 다섯 골인가를 넣었다. 후반기 경기력이 좀 작용을 했던 것 같다. 내가 생각해도 나는 이 명단에 들어갈 수준이 안 됐다. 전년도인 1986년, 아직 상무에 몸담고 있을 때 '88축구대표팀'으로 선발됐다는 소식을 전달받았다. 당시에는 '월드컵대표팀', '88축구대표팀'으로 명명된 두 개의 국가대표팀이 구성되어 있었고, 그때도 얼떨떨한 마음으로 소집되어 훈련에 참가하고 온 적이 있었다.

운칠기삼運七技三. 재주나 노력은 삼 할 정도이고 운의 몫이 칠 할이다. 그게 삶이다. 나 자신에게도 흥민이에게도 귀가 닳도록 하는 말이다. 운칠기삼.

운이 좋았다. 다시 분명히 말하는데 나는 국가대표 명단에 들어갈 실력이 안 됐다. 마지막 선수 한 명을 두고 나를 뽑느냐 안 뽑느냐 설왕설래했다 하고, 운의 도움인지 나는 팀에 합류됐다. 브라질, 우루과이, 페루, 에콰도르, 과테말라, 코스타리카. 1987년 11월, 이렇게 6개국 순방길에 올랐다.

물론 과정은 순탄치 않았다. 소속팀이던 현대에서는 나를 못 보낸다고 차출을 거부했다. 축구협회에서는 국가대표로 선발됐으니 보내라고 요구했다. 남미로 떠나기 이틀 전까지 나는 나의 거취를 알 수 없었다. 구단 소속으로서 구단의 처분만 기다리고 있을 뿐이었다. 구단과 축구협회 간의 실랑이는 결국 협회의 승리로 끝난 듯했다. 당시는 해외여행 자유화가 되기 이전이라 외국에 나갈 때는 필수로 소양 교육을 받아야 했다. 결정이 난 후 빨리 가서 소양 교육을 받으라는 말에 장충동 국립극장 앞에 있던 한국자유총연맹(한국반공연맹)에서 확인증을 받고 부랴부랴 남미로 향했다.

해외의 정취를 느끼는 건 호사스러운 생각이었다. 열두 시간 비행기를 타고 뉴욕에 가서 여섯 시간을 체류하고 다시 열두 시간 비행해 브라질로 들어갔다. 한 국가에 사나흘씩 머물며 경기하고 이동하기를 반복했다. 나중에는 체력이 부치는 게 느껴졌다. 이동하기가 무섭게 휴식에 몰입했다. 새로운 경험과 자극과 배움을 무척이나 즐기는 나였지만 그때는 너무나 힘들어 경험이고 뭐고 느낄 재간이 없었다. 휴식하고 경기하고 휴식하고 경기하고. 일의 본질, 일의 핵심을 생각해야 했다. 우리가 그곳에 간 이유가 무엇이겠는가? 경기에 충실해야 했다. 그래도 돌아와서 "뽑을까 말까 고심

하던 선수의 경기 내용이 매우 좋았다"는 이야기를 희미하게 듣고 주제넘은 자리에서 제 몫을 했다는 생각에 그제야 안도를 했다.

　홍민이와 함께 독일과 영국에서 생활하면서부터 홍민이 휴식기에는 나도 짬을 내서 근교를 여행 삼아 다닌다. 아이들이 어릴 때 신문에 세계 유명 관광지가 소개되곤 했다. 갈 수 있는 형편도 아니었으면서도 나는 꿈처럼 그 여행지가 소개된 신문 지면을 차곡차곡 모았다. 물건을 쌓아두는 걸 끔찍이 싫어하면서도 그 신문 지면은 박스 하나를 가득 채울 정도가 되었다. 대책도 없으면서 언젠간, 그 언젠간 가고 싶었다.
　낯선 곳에서 나를 만나는 일은 언제라도 늦지 않다. 내가 알던 세상과 방식에서 벗어나 다른 세상, 다른 삶이 존재한다는 걸 아는 순간 한없이 겸손해진다. 내가 이렇게 살 수 있었던 건, 모두 운이 좋았기 때문이라는 사실 또한 깨닫는다. 축구를 할 수 있었고, 아들과 함께 운동장을 뛸 수 있었다. 더 바랄 게 무엇이랴. 내가 홍민이를 가르친 시간이 있다 하더라도 그건 홍민이 인생에 지극히 일부분이다. 모든 것은 홍민이가 가진 실력이었고, 운이었고, 노력이었고, 투지였다.
　당연한 일은 없다. 우리가 누리는 이 하루는 절대로 당연한 것이 아니다. 신선한 공기, 따뜻한 햇살, 사랑하는 이의 웃음이 언제나 늘 그 자리에 있는 것은 아니다. 청춘이 아름답고 짧게 흘러가듯 우리 생 또한 그럴 것이다. 설령 우리의 생이 100년 넘게 펼쳐진다 해도, 이 장엄한 우주의 역사와 자연에 비하면 그건 수억만 분의 1초 동안 움직인 작은 벌레의 자취에 불과한 것일 수도 있다. 산다는 것은 날마다 곡예와 같다. 그리고 쏜 화살과도 같다. 그렇기에 귀중하다.

감사하다, 그리고 조심스럽다. 오늘 운이 좋았다고 내일 운이 좋으라는 법은 없기에. '운칠기삼'을 가슴에 새기며 하루를 보낸다.

누구에게나 위기는 찾아온다

이 세상에 재능 없는 사람은 없다. 당연히 축구에 재능 있는 아이가 있을 수 있다. 하지만 나는 이 재능이 금과옥조는 아니라고 본다. 재능만 믿고 시작한 축구는 이기는 데만 급급하고 빠른 결과를 원할 수 있다. 그런데 원하는 만큼 빠르게 결과가 나오지 않으면? 재능 있던 아이도, 기대하고 지켜보던 어른도 원망과 불평의 굴레로 빠지게 된다.

우리나라에는 엄청난 잠재력을 가진 어린 선수들이 많다. 세계에 내놓아도 손색없는 선수들이다. 하지만 그렇게 좋은 평가와 관심을 받던 어린 선수들이 갑자기 사라지곤 한다. 우리는 안타까워하며 말한다.

"아무개 선수가 한때는 참 잘했는데, 기대만큼 못 컸어."

왜 그런 일이 생길까? 왜 그토록 '비운의 천재'라 불리는 이들이 많을까? 그것은 선수가 성장하지 못하고 정체돼 있다 끝나기 때문이다. 선수의 성장판은 아직 열려 있고 적당한 자극과 양분으로 더 자랄 여지가 있는데 주변의 환경과 유혹이 그 선수의 성장판을 닫아버리기 때문이다. 제대로 꽃 피워보지도 못한 채 싹만 틔우다가 만다.

봄에 싹을 틔우는 생명들을 보면 그야말로 장관을 이룬다. 가슴이 벅차오른다. 잠재력을 뿜어내는 사람을 바라볼 때도 마찬가지다. 마음속에 차오르는 기대감을 누르기 어렵다. 하지만 아직 여리고 여린 싹일 뿐이다. 꺾이기 쉽고 다치기 쉬운 여린 새싹. 하지만 세상은 여간해선 오래 기다려주지 않는다. 조금 잘하는 그 모습에 열광하며 판돈을 걸고 주시하기 시작한다. 언론과 호사가들은 일거수일투족을 논하고 평가한다. 칭찬과 비난이 동전 뒤집기처럼 수일 간격으로 이루어진다.

일찍부터 스포트라이트를 받은 선수는 그에 큰 혼란에 빠질 수 있다. 어떻게 해야 할지 갈피를 못 잡는다. 즐길 수도 거부할 수도 없는 상황. 세상의 모든 관심이 선수에게는 정신적인 압박으로 다가온다. 피치 위에서 공을 차는 선수는 나이가 많든 적든 이 외부의 압력을 견뎌가며 살아간다. 특히 나이 어린 유망주는 이 따가운 시선을 참고 견디다 때론 짓눌려버린다. 순간, '어, 왜 갑자기 잘 안 풀리지?' 하고 늪에 빠진다. 잠재력으로 보면 세계적인 수준에 있던 선수들이 불필요한 구설에 휘말리며 집중력이 무너지는 모습을 너무도 많이 봐왔다.

우리가 보통 직장 생활을 시작하는 나이는 이십 대 후반. 그때 배우고 단련하고 교육받는다. 축구선수에게는 프로 무대에 가는 것이 직장 생활의 시작이고, 그 나이는 고작 스무 살 전후다. 고등학교를 졸업하고 가면 보통 열여덟. 우리나라 남성들이 사회에 나가는 나이가 평균 스물여덟 정도임을 생각해보면, 10년 빨리 사회생활을 시작하는 것이다. 게다가 선수들은 집을 떠나 숙소 생활을 하기 때문에 '자기관리'라는 재능만큼이나 중요한 운동선수의 덕목에 소홀하기 쉽다.

어린 나이에 자기를 통제하고 관리하는 것은 정말 어려운 일이다. 유망주라고 스포트라이트가 비춰지고 앞으로 크게 될 것이라는 말들이 허공에 떠다니고 실제로 돈도 벌기 시작하니 이 모든 것이 영원할 거라 착각한다. 그러다 보면 축구 외적으로 사건사고가 생기고 구설수에 휘말리고 집중력을 잃으며 몸 관리는 뒷전이 된다. 유혹, 사기, 배신이 판치는 세상 속에서 어린 나이에 홀로 판단하고 헤쳐나가기란 쉽지 않다. 곁에서 도와주는 가족과 지도자가 필요한 이유다. 우리 선수들에게 찾아오는 조로早老 현상은 축구인, 축구협회, 시스템이 함께 풀어나갈 문제다. 어린 선수의 재능이 부족해서가 아니다. 그 어린 선수의 재능을 지켜주고 보호해서 앞으로 더 나아가도록 이끌지 못해서이다. 그게 어른들이 진짜 할 일이다.

홍민이에게 위기가 없었던 것은 아니다. 홍민이에게도 여러 차례 위기가 찾아왔고 넘기기를 반복했다. 2011/12 시즌 함부르크는 고전을 면치 못했다. 계속된 패배로 리그 하위권까지 떨어졌고 강등 위기에 처했다. 이전까지 강등이 없었던 팀이었기에 팀의 입장에서는 최대 위기였다. 이런 상황 속에서 미하엘 외닝 감독이 경질됐고 토어스텐 핑크 감독이 부임했다. 핑크 감독은 부임 후 홍민이를 잘 기용하지 않았다. 출전을 한다 쳐도 경기 막판 10분 내외가 전부였다. 이런 시기가 6개월 가까이 이어졌다. 자칫 경기 감각을 잃어버리고 몸의 컨디션이 무너질 위기였다. 주전으로 뛰는 선수와 벤치에서 몸을 푸는 선수의 몸 상태는 차원이 다르다.

경기를 계속 뛰는 선수들은 경기 감각과 체력을 유지할 수 있다. 일주일에 한 번씩 경기가 열린다 치면 세 경기 정도만 못 뛰어도 경기 감각을 잃는다. 이때 감독을 탓하고 상황을 탓하고 어디 가서 하소연한다고 달라질 것은 없다. 그렇게 불평불만 쏟아내고 운동을 게을리하다 기회가 오면, 이전처럼 못 뛴다. 이미 감각과 체력을 잃었기 때문이다. 그럼 선수가 스스로 빌미를 제공하는 것이 된다. 구단 스태프들과 팬들은 '저러니까 경기에 기용이 안 되지'라고 납득해버린다. 선수는 마음처럼 되지 않으니 '왜 이렇게 안 풀려!' 하며 분노와 조급함에 휩싸인다. 악순환의 궤도에 올라타는 것이다. 그들에게 말하고 싶다.

"네 인생을 살면서 불평불만하고 하소연하지 말라.
네 삶이고, 네가 만드는 것이다."

정신적으로 재무장하는 것도 중요하고 이미지트레이닝도 중요하다. 스스로 뛰는 걸 머릿속으로 항상 그려봐야 한다. 훈련 양도 마찬가지다. 경기를 못 뛰었을 때는 경기를 뛴 선수들보다 1.5배 더 훈련해놓아야 한다. 마치 오늘 풀타임 경기를 뛴 것처럼 몸을 만들어놓아야 한다. 경기를 못 뛰었던 그 시간 동안 흥민이와 나는 정말 미칠 정도로 훈련을 했다.

"기회는 와. 기회는 오는데, 준비를 했느냐 안 했느냐의 문제만 남는 거야. 네가 묵묵하게 기회가 올 때까지 훈련 양을 계속 늘리고, 기회가 왔을 때 임팩트를 보여줘야 해."

그리고 기회는 왔다. 몇 개월 만에 선발로 출전했고, 이날 경기에서 함부르크가 패할 경우 강등될 가능성이 높아졌다. 2012년 4월 15일 2011/12 분데스리가 31라운드 하노버와의 경기에서 전반 12분에 흥민이가 골을 넣으며 승리했다. 그다음 뉘른베르크와의 경기에도 골을 넣었다. 함부르크는 강등권으로 떨어질 위기에서 탈피했다. 흥민이도, 팀도 위기에서 벗어났다.

중요한 포인트는 이것이다. 지금 바로 뛸 수 있는 상태로 만들어놓는 것. 당시 흥민이가 선발이 안 되고 교체로 들어가기를 반복할 때 흥민이에게 강조한 것이 이것이었다.

"흥민아, 기존에 경기하던 선수들은 호흡이 다 터져 있고 경기 속도, 경기 감각에 다 익숙해져 있어서 괜찮지만, 교체로 들어가면 호흡도 안 터지고 경기 속도에 맞추기가 상당히 어렵다. 그러니 네가 경기에 못 들어가더라도 경기 뛰는 것 이상으로 호흡을 항상 올리고 있어라. 경기 뛰는 선수들과 거의 비슷하게 맞출 정도로 워밍업을 해놓아라."

단순히 몸을 푸는 정도만으로는 턱없이 부족하다. 교체로 들어가서 그 스피드, 그 격렬함, 그 호흡에 맞추기 위해서는 이미 그 상태로 자신을 만들어놓아야 한다. 그렇지 않으면 볼이 내 앞에 놓여도 어떻게 할 수가 없다. 한두 경기 못 뛰고, 체력을 그 이상으로 올려놓고 준비하지 않으면 기회가 와도 잡을 수 없다.

언제 찾아올지 모를 단 한 번의 기회를 위해
묵묵히 훈련하는 것.
모든 운동선수들에게 반드시 필요한 덕목이다.

프로선수들이 경기 전에 몸을 풀 때

건들건들하고 다니는 모습을 볼 때가 있습니다.

그런 모습을 볼 때마다

그건 아니라는 생각이 듭니다.

호랑이가 장난감 수준인 토끼 한 마리를

사냥한다 하더라도

숨통을 끊을 때까지 '장난'은 없습니다.

적을 무시하고 약하게 볼 때가

가장 위험한 단계입니다.

상대가 누구든 상황이 어떻든

내가 할 수 있는 한 최선을 다하는 것이

프로선수의 역할입니다.

아직,
부족했기 때문이었다

　인생의 길은 공사 중이다. 모든 것이 완벽하고 말끔하게 닦인 길
이 아니다. 어떻게 살면서 꽃길만 걸을 수 있겠는가. 책의 처음에 말
했듯, 인생은 새옹지마. 좋은 일이 있으면 나쁜 일이 함께 오고 때
론 가혹하게도 힘든 일이 한꺼번에 찾아올 때도 있다. 앞서 팀이
강등권 위기에서 벗어날 수 있도록 나름의 활약을 한 시즌보다 더
시간을 앞으로 돌려보겠다.
　홍민이는 함부르크 유스팀에서, 나는 여관방에서 묵묵히 준비하
며 지내던 어느 날, 함부르크 구단과 정식 계약을 했다. 비로소 아
내와 나와 홍민이가 함께 모여 독일에서 체류할 기회가 생긴 것이
다. 그전까지는 홍민이 숙소와 내 숙소를 매번 걸어서 오갔지만 차
를 마련해 길에 버리는 시간을 절약할 수 있었다. 구단 훈련이 끝
나면 홍민이와 체육관을 찾아 개인 훈련도 할 수 있었다.

나나 홍민이나 누구도 정신을 놓을 수 없는 순간이었다. 홍민이는 2009/10 시즌 하반기부터 함부르크 1군 리저브팀에 합류했다. 1군에 합류하기 위해선 프리시즌의 테스트가 중요했다. 즉 정식 시즌이 열리기 전에 이런저런 비공식 경기에서 자신의 역량을 보여줘야 한다. 2010/11 시즌이 열리기 직전에 첼시와의 친선경기가 있었다. 2010년 8월 5일. 프리시즌 마지막 테스트였다.

1대 1 팽팽한 승부를 이어가던 이 경기에서 홍민이는 후반 37분에 교체 투입되었고, 투입된 지 5분 만에 골을 넣었다. 기뻐하는 것도 잠시, 호사다마였는지 후반 종료 휘슬이 울리기 직전 발가락이 골절되는 부상을 입었다. 뼈는 두 동강이가 났고 철심을 박는 수술을 해야 했다. 홍민이는 크게 좌절했다. 그토록 기다렸던 분데스리가 데뷔 순간이 뒤로 미뤄지고 말았다. 나 역시 걱정이 일었다. 부상으로 인해 프로선수로 성장하고 발전할 기회를 놓칠까 염려했다. 그리고 더 철저하게 다음을 준비해야겠다는 절치부심의 심정으로 계획을 세웠다.

이 골절 부상을 겪고 석 달 뒤, 10월 30일 홍민이의 데뷔골이 터졌다. 분데스리가 리그 정식 데뷔 무대 23분 만에 터진 골이었다. 함부르크 구단 역사상 최연소 득점 기록을 39년 만에 갈아치우며 한국의 언론과 팬들의 관심도 쏟아졌다. 열여덟, 갑자기 함부르크의 미래이자 기대주가 되었지만 아직 경험도 자기관리도 마인드컨트롤도 부족한 소년이었다.

2011년 카타르 아시안컵 이야기를 하지 않을 수 없겠다. 흥민이가 성인 무대에서 제대로 뛰지 못할지도 모른다는 위기감이 든 것은 그때였다.

흥민이가 제15회 아시아축구연맹AFC 아시안컵 축구대회 국가대표로 차출되어 파주센터에 머물면서 몸 관리에 실패한 것이다. 다른 선수들은 경기를 뛰고 돌아와서 밤에 식사를 잘 챙겨 먹었고, 흥민이도 한창때이니 풀타임 경기를 뛴 선수처럼 식사를 했다. 교체로 몇 번 몇 분씩 그라운드를 뛰면서 식사량은 풀타임 뛴 선수처럼 유지했으니, 그 한 달 사이 4킬로그램이 불어난 것이다. 흥민이도 그때는 어려서 몰랐었다고, 경기하고 온 형들처럼 먹었고 훈련량은 적었다고 아찔한 순간인 양 회상한다.

독일로 돌아온 흥민이의 몸은 무거웠고 경기력은 바닥을 향했다. 성적은 말할 나위도 없었다. 후에 들은 이야기지만 구단 스태프들과 팬들 사이에서는 이렇게 평가했다고 한다.

"손흥민은 끝났다."

시즌 종료가 네댓 경기 남았을 때였고, 시즌이 끝나 한국에서 휴가를 보내고 돌아오면 다시는 이전 컨디션으로 회복할 수 없다는 예상이었다. 그것이 통상적인 패턴이었다. 오랜 시간 지켜보고 경험으로 이야기하는 것이니 팬들의 우려가 때론 더 정확하다.

그런 상태로 흥민이와 한국에 들어가고 싶지 않았다.

"한국에 가지 말자. 여기 남아서 운동하자."

나는 억장이 무너지는 심정이었다. 당시 흥민이는 더 배우고 다듬어져야 할 어린 선수였다. 그리고 선수이기 전에 내 소중한 아들이었다. 좋은 축구선수가 되고 싶어 하는 아들의 인생길 위에 놓인 모난 돌부리들을 다 치워줄 순 없겠지만 그래도 곧 빠질 구덩이가 보이면 알려줘야만 했다. 팬들도 뻔히 아는 수순을 아비가 알고도 모른 척할 수는 없었다.

2011년 1월에 열렸던 아시안컵에서 몸이 무거워져 돌아온 흥민이는 2월 터키와의 친선경기를 위한 대표팀 소집 명단에도 이름을 올렸지만 상황은 다르지 않았다. 속이 상하고 애가 끓었던 나는 당시 대표팀 코치에게 전화를 걸어 흥민이는 아직 대표팀에 들어갈 실력도 경험도 부족하다는 취지의 이야기를 나누었다. 그때가 2월이었다. 나에겐 흥민이가 프로선수로 생명을 이어갈 수 있느냐 없느냐 하는 절체절명의 문제였다.

2011년 10월 12일, 브라질 월드컵 예선전을 치르고 출국하며 기자들에게 그간 품고 있던 내 우려를 이야기했다. 흥민이는 조금 더 성장해야 하고 소속 구단에서 적응해야 한다고. 내가 너무 격앙된 모습을 보인 탓일까. 그날, 이 일과는 관계없는 통화를 나누고 있는 내 모습이 찍힌 사진과 함께, 마치 그 자리에서 내가 대표팀에게 항의 전화를 했다는 식의 기사가 나기 시작했다. 나는 부지불식간에 도를 넘은 행동을 한 사람이 되어 있었다. 아비가 꼴값 떤다는 얘기, 국가대표를 모독한다는 얘기로 뒤덮였고 '손흥민 대표팀 차출 거부 논란'으로 비화되었다.

하지만 이 기회에 분명히 말하고 싶은 건, 나는 국가대표를 매우 존중하고 존경한다는 점이다. 주전으로 뛰지 못하면 차출하지 말라는 의미도, 흥민이에게 특별대우를 해달라는 의미도 아니었다. 국가대표라는 건 하늘이 주신 기회다. 모든 축구선수의 꿈이다. 그 자리에 오르기 위해서는 자격과 책임이 필요하다. 나는 지금도 흥민이가 대표팀에 갈 때면 '겸손'과 '감사함'을 강조한다.

"늘 태극마크에 자부심을 품고 감사한 마음으로 겸손하고 충실해야 한다. 그래야 너도 국가대표도 함께 힘을 받을 수 있다."

국가대표는 아무나 할 수 있는 것이 아니다. 벅차게 영광스러운 자리다. 때문에 그 시절 흥민이는 자격이 안 된다는 생각이 들었다. 기술적인 면이나 체력, 자기관리 면면 모든 것에서 발전했을 때, 즉시전력감이 됐을 때 그 영광스러운 자리에서 제 역할을 해낼 수 있다고 판단했다. 하지만 관계없는 사진, 왜곡된 표현, 끊임없이 재생산되는 기사…… 나의 의지와는 다르게 한바탕 소동이 일었다.

"손흥민은 끝났다." 아직도 머릿속에서 맴도는 한마디다. 무섭도록 냉정한 판단이었고 그것이 실제로 일어날 수도 있다는 사실을 나 역시 보고 경험했다. 내가 냈던 목소리는 선수 생활을 이렇게 흐지부지 끝낼지도 모른다는 부모의 애간장 끓는, 엄청난 아픔의 소리였다. 하지만 우리의 '부족함'은 '자만'으로, '애통함'은 '경솔함'이 되고 말았다.

여름날의
지옥훈련

"아빠, 가서 아빠가 하자는 대로 운동 다 할 테니까 한국 들어가요."

2010/11 시즌이 종료되고 한국에 들어가고 싶어 하는 아들의 마음을 모른 척할 순 없었다. 무너진 몸을 다시 세우는 훈련을 함께 하기로 약속하고 한국에 들어왔다.

"그래, 좋다. 들어가자."

흥민이는 어느 정도 예상했을까. 그 지독한 훈련량을. 외부 일정은 일절 차단했다. 집, 헬스장, 운동장을 순회하는 것으로 그 휴가 기간 전부가 채워졌다. 아침 8시에 체육관에 가서 축구에 필요한 근력 운동부터 시작했다. 바로 이어 춘천 공지천 운동장에서 슈팅 훈련을 했다. 6월 뙤약볕 아래에서 훈련하다 보면 어느 순간 흥민이도 나도 당이 떨어져서 몸이 부들부들 떨렸다. 매점으로 달려가

초코바, 비타민음료, 아이스크림을 먹으며 당 떨어진 몸을 달래가며 훈련하고 또 훈련했다. 몸을 다듬으며 체력을 키웠다. 볼 터치와 슈팅을 가다듬었다. 4킬로그램 붙었던 살은 말할 것도 없고 새까맣고 홀쭉한 모습으로 함부르크 공항에 도착했을 때 마중 나온 사람이 몰라볼 정도였다. 그 후 향상된 경기력은 앞서 말한 함부르크 강등 위기 때 가감 없이 발휘됐다.

흥민이가 열여덟 살 때부터 나와 함께 주력으로 한 훈련은 슈팅 훈련이었다. 어릴 때는 잦은 슈팅 연습이 근육과 관절 조직에 무리를 줄 수 있어 근력과 기술 훈련에 집중했지만, 어느 정도 하드한 훈련도 감당할 수 있겠다는 판단이 선 이후 슈팅 훈련에 매진했다. 매일 왼발 500개, 오른발 500개, 그렇게 양발로 슈팅 1,000개씩이 기본이었다. 훈련도 때가 있고 집중해 완성해야 할 시기가 있다.

그 여름, 공지천에서도 슈팅 훈련은 지속됐다. 흥민이를 위한 슈팅 훈련 프로그램을 내 나름대로 만들어놓은 터였다. 공격 라인에서 선수 생활을 했던 내 경험과 은퇴 후 축구 경기들을 분석한 것들을 기반으로 했다. 어떤 상황에서 슈팅의 기회가 찾아오고, 어떤 상황에서 실수들을 많이 하는지 수없이 생각하고 상상했다. 200개 넘게 녹화해놓은 주요 대회 경기 테이프들을 돌려보며 실수해서는 안 되는 중요한 순간 실수하는 장면들을 더 집중해서 보았다. '그 좋은 찬스에서 슈팅에 실패하다니……'. 그것을 놓쳐서는 안 되겠다는 생각이었다. 그 장면 장면을 뽑아서 흥민이 슈팅 훈련에 접목

했다.

위치는 다섯 존이었다. 사람들이 말하는 '손흥민존'은 그중 두 군데를 칭한다. 다섯 포인트를 정하고 그곳에서 골을 감아 때리는 훈련을 했다. 멈춰 있는 공이 아닌 내가 반대쪽에서 강하게 차주는 방식으로 훈련을 진행했다. 흥민이가 볼을 잡고 드리블을 하다 슈팅을 하는 경우보다 패스로 받아서 때리는 경우가 더 많기 때문에 볼이 힘들게 들어온 상태에서 그 볼을 받아 때리기까지의 모든 과정이 중요했다. 패스로 들어온 공을 처리하는 퍼스트터치부터 슈팅까지. 그래서 항상 여러 각도에서 볼을 강하게 차주었고 흥민이가 잡아서 자기가 원하는 방향으로 컨트롤한 후 때리기. 그것의 무한반복이었다.

"힘 빼고!"

"끊어!"

흥민이가 슛을 할 때마다 외쳤다. 힘이 들어가지 않으면서 정확한 슈팅이 필요했다. 나는 무작정 가운데에서 강하게 때리는 슈팅은 지양한다. 골키퍼가 가제트팔이 아닌 다음에야 절대로 잡을 수 없는 위치로 때리는 것이 중요했다. 이건 약한 슛이어도 골대 안으로 들어간다. 힘주고 강하게만 차려고 하면 '똥볼'이 나오기 십상이고, 골키퍼 행동반경 안으로 차면 아무리 강하게 차도 골키퍼가 쳐내든 잡든 한다. 프로 골키퍼인데 아무리 세게 찬다 한들 내 앞에 온 볼을 못 쳐낼 이유가 없다. 하지만 골키퍼가 공의 위치를 파악할지언정 그 순간에 몸을 던지고 손을 뻗어 닿을 수 없는 지점이라면 아무리 약한 공이라도 들어간다. 그 불가항력의 위치를 파고드는 것이 중요했다. 페널티 지역 및 외곽의 중앙과 좌우, 이렇게 다섯 포인트 지점에서 각도를 정하고 감아 때리는 훈련을 진행했다.

그 훈련은 그해 여름 공지천에서만 한 것이 아니다. 함부르크에 있는 동안에도 경기를 뛴 날은 휴식훈련을, 경기를 못 뛴 날은 경기 뛴 선수만큼 고되게 훈련했다. 해당 연도 분데스리가 사용구를 구해 그 공으로 슈팅 훈련을 하고 90분 풀경기를 뛴 선수처럼 체력을 올려놓았다.

흥민이와 오랜 시간 함께 운동했기에 이제는 흥민이가 볼을 잡아놓는 것만 봐도, 그 위치만 봐도 '저건 골이다'라는 감이 어느 정도 온다. 현장에서 경기를 보든 텔레비전에서 경기를 보든 볼을 잡아놓는 것을 확인하면 나는 골망을 보고 있다. 흥민이가 어떻게 찰지 알고 있기 때문이다.

그해 여름은 흥민이나 나나 잊을 수 없는 시간이었다. 크게 낙담했고 그래서 더 성장했다. 몸을 잔뜩 움츠렸다가 도약해 멀리 뛰어나가는 개구리처럼, 그해는 우리에게 그런 해였다.

배짱과 겸손

　나에게 가장 중요한 것은 '마음 불편하지 않게 사는 것'이다. 꼬장꼬장해 보이는 외모에서부터 다들 짐작하는 바이겠지만 나는 남에게 간섭 받는 것이 무엇보다 싫다. 흥민이 일을 도와주는 스태프분들, 손축구아카데미 직원분들에게도 강조하며 말한다.

　"자존심이 상하는 일, 영혼이 상하는 일은 하지 마세요. 여기가 직장이기 때문에, 일이기 때문에 불합리한 상황에서 참고 그러지 마세요."

　　오늘 하루를 양심껏 살았으면
　　저녁에 발 뻗고 잘 수 있다.
　　간단하다.
　　그렇게 하루하루를 살면 된다.

누군가 내 영혼을 짓밟으며 무리한 요구를 해오면 "아니요" 말할 수 있고, 말해야 한다. 욕심을 내려놓은 사람, 바라는 게 없는 사람보다 무서운 사람은 없다.

외국에서 생활하다 보면 온갖 경험을 다 한다. 가장 정정당당해야 할 운동장에서도 차별은 존재한다. 패스를 의도적으로 하지 않고 무시하며 한 사람의 존재를 배척한다. 경기장 안팎에서 인종차별도 존재한다. 그런 사람들은 어느 나라 어느 조직에나 있기 마련이다. 위축되면 그것이 곧 한국인의 위상이 된다. 한국인을 무시하게 둘 순 없다. 비신사적으로 나오는 사람에게 신사적으로 대할 필요도 없다.

나는 흥민이와 공항에 있든 도시 한복판에 있든 현지인들이 뻔히 보이는 차별, 불합리한 행동을 하면 그곳이 어디든 다 뒤집어엎었다. 나와는 성정이 다른 흥민이에게 보여주기 위해서라도 꼭 그 자리에서 굴하지 않고 붙었다.

"봐라, 아시아인을 절대로 우습게 보게 놔두면 안 돼. 내 밥 내가 찾아 먹어야 해. 주도권 쥐고 살아야 해. 정체성에 대해서 항상 생각해라. 그걸 훼손하는 사람을 보면 강하게 대응해라. 나는 대한민국에서 왔고 대한민국 국민이고 너네보다 못난 게 없어. 너네한테 무시당할 이유가 하나도 없어. 정체성은 너 자신이 지켜야 한다. 네가 어디서 왔는지 잊지 말아라."

우리는 물렁하게 보일 나라도 아니고 국민도 아니다. 붙어서 싸워서 해결해야 할 일은 붙어서 싸워야 한다. 타국에서 운동선수로 살아남는 일은 쉽지 않다. 때론 호사스러워 보이기도 하지만 실력 에서도 기 싸움에서도 밀리면 끝이라는 생각으로 매일매일 전쟁 을 치르는 심정으로 산다. 온순하고 착하고 예의 바르다는 덕목만 으로는 부족하다. 자신감 있는 것, 꿀리지 않는 것, 기세에서 밀리 지 않는 것은 경기력과도 직결된다. 위축되는 순간 얕잡힌다.

"물러날 필요 없어. 네가 화가 나면 무슨 액션을 취해서든 네가 화가 났다는 메시지를 줘라. 주저하지 마라. 부당하다고 판단했을 때는 붙어서 해결해라. 안 되면 뭐라도 집어 던지고 깨고 부수더라 도. 네 목소리를 내야 한다."

자신감! 자신감!
일단 붙어봐야 할 것 아닌가.
저질러보고, 깨지고, 얻어맞아도
자신감을 가져야 한다.

이런 성격에 예전이나 지금이나 나는 적이 많다. 객지에서 쪼끄 마한 녀석이 와서는 고집도 보통이 아니고 미친놈처럼 연습만 하 는 모습이 곱게 보였을 리 없다. 나를 뒤에서 욕하는 사람이 있다 는 걸 알게 되면, 생각한다.

'그럼 나는 너보다 두 발 앞서 있는 거네. 네가 뒤에서 욕하니까

내가 앞서 있는 거지. 내 뒤에서 욕하는 놈들은 나보다 뒤처져 있는 거야.'

홍민이가 이름을 알리기 시작하면서 수많은 이야기가 언론과 온라인상에 오르내렸다. 나는 말한다.

"남의 말 사흘 못 가."

없는 말, 과장된 말, 악의적인 말들의 홍수 속에서 휩쓸리고 흔들리고 에너지를 낭비할 필요가 없다. 그리고 덧붙인다.

"큰길가에 집 못 짓는다."

자기들의 사고방식으로 이야기하기 때문에 우리의 판단과 가치는 뒤안길로 밀려난다. 이러쿵저러쿵 훈수에 귀를 기울이다 보면 삶이 송두리째 흔들릴 수 있다. 큰길가에 집을 짓다 보면 얼마나 많은 사람들이 지나가며 한마디씩 거들겠는가. 남들이 뭐라고 하든, 그건 중요하지 않다. 중요한 건, 우리가 어떤 중심을 가지고 있느냐, 우리에게 얼마만큼의 확신이 있느냐이다.

투명하고 진정성 있고 일관된 삶을 살도록 노력하되,
어떤 상황에서도 강한 멘탈을 유지해야 한다.

배짱과 자신감. 그리고 감사와 겸손.

이 두 가지 면은 동전의 양면이 아니다. 한쪽 면이 보인다고 한쪽 면이 뒤로 숨어야 하는 것이 아니다. 우리 삶에 중요한 많은 것들

중에서 배짱과 자신감은 예의와 겸양이라는 덕목의 그림자 뒤에서 빛을 발하지 못할 때가 있다. 반대로 감사와 겸손은 자칫 나약하고 순종적인 사람으로 보일지 모른다는 두려움에 진가를 발휘하지 못한다.

한쪽 면이 보이면 다른 한쪽 면이 가려지는 것이 아닌, 두 가지 면이 각자의 자리에서 제 역할을 해야 한다. 독일과 영국에서 나는 부당한 대우를 당한다 싶으면 받은 것을 두 배로 돌려준다는 심정으로 판을 엎었다. 하지만 기본을 갖추고 대하는 이들 앞에서는 역시 두 배로 허리를 숙였다.

"항상 감사하라. 그리고 겸손하라."

흥민이에게 말한다.

"모든 것은 대한민국 국민 덕분이다. 주위에서 염려해주신 덕분이다."

이것은 빈말도 아니고 가식도 아니다. 내가 흥민이를 낳고 가르쳤다 해도 내가 가르친 게 흥민이에게 얼마나 전달이 되고 도움이 됐겠으며, 흥민이가 가진 잠재력이 뛰어나다 하더라도 그것 또한 얼마나 되겠는가. 모든 것은 하늘이 주신 기회다. 흥민이 위에는 메시, 호날두 등 그 이상 가는 선수가 수도 없이 많다. 반면 생활면에서 보면 우리보다 어려운 환경의 사람이 수도 없이 많다.

"삶에서는 늘 아래를 바라보고, 축구에서는 항상 위를 보아라."

그 생각을 하면 항상 감사하면서 겸손하게 살 수 있다. 영원한 것은 없다. 아무리 아름다운 꽃도 열흘을 넘기지 못한다. 화무십일홍花無十日紅. 달도 차면 기운다. 선조들의 수많은 이야기를 살펴다 보면 모두 그 이야기를 하고 있다. 우리 인생사 좋은 일만 계속될 수도 없고 나쁜 일만 계속 될 수도 없다고 말이다.

'성공'은 우리가 생각해야 할 것이 아닙니다.

'성장'이야말로 우리가 늘 생각해야 하는 것입니다.

홍민이를 보며, 이번 시즌보다 다음 시즌

조금 더 성장하길 바랄 뿐입니다.

성장에는 끝이 없으니.

조금씩 조금씩 나아진다면 바랄 게 없습니다.

선수 생활을 하는 동안 언제나

최고의 날은 저 앞에 있다고 믿고 노력해야 합니다.

골을 넣었어도, 승리를 했어도, 우승을 했어도

지금 해야 할 일은 바로

다음 경기를 준비하는 것입니다.

7 행
복

"행복한 자가 진정한 승자"

삶의 조력자, 삶의 버팀목

훈련할 때는 재미있게, 경기할 땐 욕심 없이.
내가 생각하는 행복 축구다.

골을 넣으면 홍민이는 가족과 지인들이 앉아 있는 관중석을 향해 세리머니를 펼친다. 나는 벌떡 일어나 양 엄지손가락을 높이 치켜세운다. 영국에서 지내다 보면 상대를 칭찬하는 제스처로 종종 엄지손가락을 올리며 상대를 추켜세우지만 나는 좀체 그것에 익숙해지지 않는다. 나의 엄지손가락, 소위 '엄치척'은 오직 손흥민에게만 향한다. "이 세상 축구선수는 나한테는 홍민이 하나밖에 없습니다"라고 말하는 나는 어쩌면 시쳇말로 '아들바보'일지도 모르겠다.

2019년 6월 2일. 완다 메트로폴리타노에서 열리는 2018/19 시즌 유럽축구연맹 챔피언스리그 결승전에서 토트넘과 리버풀이 만났다. 토트넘 구단으로서는 역사상 첫 우승에 도전하는 날이었고 축구를 좋아하는 사람들에게는 대축제의 하이라이트가 펼쳐지는 날이었다. 경기장에 다다르기도 전에 이미 도로는 1미터도 앞으로 나아갈 수 없는 상황이었다. 나는 차에서 내려 차도를 따라 걷기 시작했다. 뛰는 듯한 빠른 걸음으로 경기장을 향했다. 전 세계가 주목하는 경기였지만, 경기는 경기일 뿐이다. 시즌마다 뛰는 경기 중 하나의 경기일 뿐이라고 마음 비우고 임하라고 흥민이에게 이야기했지만, 그 열기에 달뜬 마음을 가라앉히기는 쉽지 않을 듯했다. 그날 흥민이는 선발로 출전해 풀타임 경기를 뛰었고, 승리의 여신은 우리 편에 서지 않았다.

경기가 끝나고 흥민이는 아쉬움에 눈물을 흘렸다. 왜 모르겠는가. 나도 승부욕이 강해 경기에서 지면 울면서 뛰었다. 분함, 억울함, 허탈함, 아쉬움, 미안함, 숱한 감정들이 소용돌이치며 올라오곤 했다. 이제 선수인 아들을 보는 아비의 입장에서 그저 아들이 승패 앞에서 눈물 흘리기보다 축구를 즐기기를 바라고 또 바라지만, 그토록 간절히 원하던 우승컵 아래에서 흐르는 눈물의 의미를 왜 모르겠는가. 흥민이는 관중석에 있는 나에게로 다가왔다. 경기에서 지고 아빠에게 미안했다는데, 미안할 게 무엇이겠는가. 그렇게 잘 뛰었고 다치지 않고 경기를 잘 마쳤는데. 나는 흥민이의 어깨를 꼭 안아주었다.

"흥민아, 괜찮아. 잘했어. 너 안 다쳤잖아. 너 잘 뛰었잖아. 아빠는 이걸로 충분해."

나는 늘 아들을 향해 생각한다.

'다른 건 욕심이다. 다른 건 다 필요 없다. 축구를 해서 내 자식이 아니라 너는 그냥 내 자식이다. 네 건강과 네 행복이 내 첫 번째다. 이기고 지는 건 차후 문제다. 오늘도 네가 행복한 경기를 하고 오고, 안 다치고 경기 치르고 오면 되는 것이다.'

나는 우리 아이들을 정말 혹독하게 키웠다. 이제 와 변명할 생각도 축소시킬 생각도 없다. 공 차는 게 좋아 축구를 하겠다는 아이들에게 내가 할 수 있는 건 내 깜냥 안에서 제대로 된 교육이라고 생각하는 내용을 실천하는 것뿐이었다. 낙숫물이 떨어져서 바위를 뚫는 듯한 반복. 그 꾸준함과 끈질김이 필요했다. 그곳에서 기본기가 시작된다. 엄청 지루했을 테다. 아비가 무서우니 말은 못 했겠지만 지루하고 지쳤을 테다. 하지만 나는 다르게 가르치고 싶었다. 무엇이 맞고 틀린지, 옳고 그른지는 모르지만 내가 경험한 축구가 아닌 다른 축구를 경험하게 해주고 싶었다. 다른 환경을 만들어주고 싶었다.

학교 운동장에서 흥윤이와 흥민이를 훈련시킬 때 의붓아버지냐는 소리까지 들었다. 무섭게 몰아붙였다. 훈련할 때는 내가 생각해도 지독했다. 그 혹독한 시간을 돌아보면 아이들에게 너무도 미안하다. 아직도 혼자서 가슴속으로 울 때가 많다.

하지만 훈련할 때의 모습이 전부는 아니다. 호랑이도 자기 새끼를 물어 옮길 때는 그 날카로운 이빨이 스펀지처럼 부드러워진다. 그 모습을 상상해보라. 그것이 모든 부모의 마음일 것이다.

나는 훈련할 때 호되게 혼냈지만 반드시 사후 수습을 했다. 이것이 중요하다고 생각했다. 내 삶에 대해 자신할 수 있는 것이 많지 않지만 이것만은 조심스레 자신할 수 있겠다. 나의 엄한 훈련에도 아이들에게는 '우리 아빠는 나를 사랑해'라는 믿음이 있었다는 것. 혼나고 30초도 안 돼 "아빠~" 하고 달려올 수 있는 신뢰가 부자 사이에 끊어지지 않는 끈처럼 연결돼 있었다는 것. 지금도 만나면 반가워 자연스럽게 허그하고 서로의 행복과 소중함에 대해 표현할 수 있다는 것. 무뚝뚝한 부자지간이지만 그 안의 사랑과 믿음만큼은 조심스럽게 자신할 수 있겠다.

장난감, 게임기는 못 사주는 아빠였다. 하지만 시간은 함께 보내는 아빠가 되고 싶었다. 하루도 빠짐없이 훈련했으니 아이들 유년 시절은 자연스럽게 늘 함께였다. 같이 보낸 그 시간이 참으로 행복하고 감사하다.

아이들이 추위를 잘 타 겨울날이면 내 잠바로 감싸고 다녔다. 막내 흥민이는 내 무릎 위에서 자랐다. 내겐 정말 소중한 아이들이다. 하지만 훈련에 들어가면 내가 할 수 있는 최선의 노력으로 잘 가르쳐야 하는 선수였다. 남들 눈에는 어떻게 보였을지 모르겠지만 우리 부자 사이에는 그러한 균형이 존재했다.

감정에 휘둘려서 혼을 내지 않을 것. 인격을 훼손하지 않을 것. 어찌 보면 당연한 것들을 지키려 노력했다. 일관되게 말하고 이유를 분명히 알 수 있도록 했다. 내 자식이지만 나와는 다른 삶이기에 조심스러웠다. 지금도 그렇다. 성장하고 성인이 된 아이들을 바라보며 내 한계를 매일 인식한다.

내가 서 있던 자리에서 한 발짝 더 뒤로 물러선다.
매일매일 조금씩 물러선다.
그 한계선 너머에 있는,
그곳에서 오롯이 존재하는 아이들을 바라본다.

첫째 홍윤이는 두 아이의 아버지가 되었다. 한 가정을 이룬 아들에게 나와 아내는 그들이 도움을 청하지 않는 한 집에 찾아가지 않는다. 할 말이 있으면 전화로 하고 만나야 하면 밖에서 만나고 밥을 먹어야 하면 식당에서 해결한다. 우리가 낳고 기른 아이라 하더라도 거리를 두어야 할 때가 반드시 찾아온다. 우리 부모들 중에는 특히 가족애가 깊고 사이가 좋았던 분들일수록 이것을 깜빡 잊는 경향이 있다. 내 집 드나들듯 아무 때나 편하게 출가한 자녀의 집에 찾아가는 이들도 많다. 하지만 그렇게 하면 그 가정이 상처를 입을 수도 있고 온전히 한 가정으로 완성되지 못할 수도 있다. 부모가 먼저 그 가정을 존중해주고 거리를 지켜주어야 한다.

흥민이에게 나는 종종 이야기한다.

"네가 은퇴하면 아빠는 조용히 산속에 가든 뭘 하든 아빠 알아서 살 거니 신경 쓸 필요 없다."

흥민이가 번 돈에 대해서도 철저히 선을 긋는다. 내가 자식이 번 돈을 가져다 쓰면 자식에게 떳떳할 수 있겠는가. 내가 왜 자식 눈치를 보며 살겠는가. 흥민이가 어렵게 버는 돈은 통장에 잘 넣어놓고 흥민이가 항상 확인할 수 있도록 한다. 아무리 좋아하는 축구를 해도 자신이 번 돈이 들어오는 대로 사라진다면 샘솟아야 할 의욕이 사라질 것이 자명하다. 노력한 것들이 흔적이 되고 자국으로 남을 수 있도록 보호해줘야 한다. 그래야 동기부여가 된다.

나는 이렇게 정의한다. 큰 부모는 작게 될 자식도 크게 키울 수 있고, 작은 부모는 크게 될 자식도 작게 키운다고. 나의 작은 그릇이 내 아이들을 작게 가둘까 두려웠다. 모든 아이는 엄청난 잠재성을 지닌 존재다. 아이들이 그 잠재력을 걸림 없이 뻗어나갈 수 있도록 부모는 넓은 울타리 안에서 지켜봐주어야 한다. 관리하고 통제하기 쉽게 좁은 울타리 안에 가둬두는 심한 간섭도, 여기가 어딘지 지금 뭘 하고 있는지도 모르게 방치하는 방임도 지양해야 한다.

신뢰와 격려로 멀리서 지켜봐주는 것.

그 아이가 스스로 미래를 만들 수 있도록

믿으며 응원해주는 것.

부모가 할 수 있는 건 그뿐이다.

내가 낳았지만 아이들은 또 다른 인격체다. 내 소유물이 아니다. 이들만의 삶이 존재한다. 이들이 원하는 자신의 삶을 살아낼 수 있도록 부모는 도울 수 있는 일은 최선을 다해 도와야 한다. 아이들이 시행착오를 겪는다 하더라도 부모가 할 수 있는 건 많지 않다. 그저 믿고 응원하고 지켜보는 조력자, 버팀목이 되는 일뿐이다.

한 그루의 나무를
키우기 위해

　한 마라토너가 있다. 그는 2012년 12월 2일, 스페인 부를라다에서 열린 크로스컨트리 경기에 출전했다. 그는 이날 경기에서 한 사람을 앞지르지 못했는데, 자신의 앞에서 달리던 선수는 바로 런던 올림픽 동메달리스트인 케냐의 아벨 무타이 선수였다. 그런데 1위로 달리던 무타이 선수가 결승점을 통과하기 전에 갑자기 속도를 줄였다. 결승점의 위치를 착각한 것이었다. 관중들은 어서 더 달리라고 결승점이 그곳이 아니라고 소리쳤지만 스페인어를 알아듣지 못한 무타이는 그렇게 경기를 마치려 하고 있었다. 그 뒤를 쫓던 선수. 무타이 뒤에서 2등으로 달리던 마라토너. 스페인 출신 이반 페르난데스 아나야 선수는 무타이의 바로 뒤까지 쫓아왔다. 그대로 역전승을 이룰 수 있는 순간, 그는 무타이 뒤에서 결승선을 손짓하며 안내했다. 무타이가 1위를 지킬 수 있도록 도와준 것이다.

그리고 그는 2위 자리를 지켰다.

경기를 보고 사람들은 무타이를 도운 아나야의 행동에 대해 정직하고 올바른 행위라고도 평했고, 반대로 우승을 목표로 달리는 운동선수로서 자질이 부족하다고도 말했다. 후에 인터뷰에서 왜 이길 수도 있었는데 그렇게 행동했는지에 대한 질문에 그는 이렇게 말했다.

"그가 이기고 있었을 뿐이다. 설령 내가 그렇게 우승을 했다 해도 내가 얻을 수 있는 것이 무엇이냐. 그렇게 얻은 메달의 영예가 무엇이냐. 우리 어머니가 뭐라고 생각하시겠냐?"

나는 그의 어머니가 어떤 분인지 궁금해졌다. 아마도 그의 어머니는 정직과 올바름, 배려, 스포츠맨십 등 인간으로서 지녀야 할 기본적인 가치를 성공과 1등보다 우선시하며 교육했으리라 생각된다. 인간의 가장 기본적인 가치관은 가정 안에서 고요히 흡수되어 장착된다.

나의 아내, 홍윤이 흥민이 엄마는 선수의 아내, 선수의 어머니로 어려운 삶을 살아왔다. 어머니로서의 삶이 힘들다고 생각하지 않을 사람이지만, 아내로서의 삶은 내가 참으로 미안하다는 마음이 크다. 선수 생활을 하면서는 좋은 남편, 좋은 아빠 노릇을 하기 쉽지 않은데 아내는 그 빈 부분을 묵묵히 채워주었다. 흥민이가 유명세를 타기 시작하면서 나는 아내의 자유만큼은 지켜주고 싶었다. 아내가 언론에 노출되지 않도록 애써 막아온 이유가 그것이다. '손흥민의 엄마'로 알려지면 마트에 혼자 장을 보러 다니는 일상마저도 깨질 수 있다. 흥민이 관련하여 여러 청도 들어올 수 있고 성정 고운 사람이 거절하기 어려운 상황에 놓일 수도 있다.

아내의 행복, 자식의 행복, 나의 행복, 가족의 행복을 인생의 가치 리스트 중 가장 우위에 놓았다. 다른 건 중요하지 않다. 흥윤이와 흥민이는 그런 가족 분위기 안에서 자라났고, 가정을 잘 지키고 가족의 행복을 위해 사는 것이 중요하다는 것을 은연중에 배워왔으리라 생각한다. 흥민이가 은퇴 후 결혼을 생각하는 것도, 나 역시 흥민이가 은퇴 후 결혼하는 것이 좋겠다고 생각하는 것도 그 이유에서이다. 가정에 충실할 수 있을 때 가정을 이루어야 한다는 생각. 축구선수일 때는 축구에 매진하고, 은퇴 후 가정에 집중하는 것이 좋겠다는 생각이다. 그것이 축구선수로서 찾아온 지금의 기회에 보답하는 일이고, 가정을 함께 이룰 사람에 대한 배려라고 생각한다.

흥민이가 축구를 그만두면 어떻게 살지 사실 나는 알 길이 없다. 결혼을 할지 안 할지, 축구판 근처에서 맴돌지 아니면 전혀 다른 먼 곳으로 떠날지. 그건 그때 가서 흥민이가 결정해야 할 문제다. 그 아이의 미래를 묶어둘 권리가 내겐 없다. 누구에게나 아무 구속 없이 자기 삶을 살 권리가 있다. 축구선수 이후의 삶을 자유롭게 택할 권리.

나 역시 홍민이 선수 생활을 지원하는 역할이 끝나면 나만의 삶을 살 것이다. 아내도 마찬가지다. 홍민이의 은퇴가 우리 부부에게도 인생의 한 챕터가 끝나는 시기가 될 것이고, 다음 챕터에서는 다른 이야기가 펼쳐질 것이다. 나와 아내는 더욱 자유롭고 행복한 삶을 꾸릴 것이다.

우리는 그런 이야기를 자주 나눈다.
부모로서 자식이 꾸는 꿈을 돕는 것도 행복이고,
그 도움의 시기가 끝났을 때 각자의 자리에서
자신의 삶을 만드는 것도 행복이라고.

우리 부부는 아이들이 하고 싶다는 것은 할 수 있도록 도왔고, 하고 싶다는 것을 하지 말라고 막지 않으려 노력했다. 스스로 해보고 아니다 싶으면 아이들이 먼저 알고 이야기하기 때문이다.

아무리 많은 금은보화가 무진장 주어진대도 정말 간절히 원하는 게 아니면 감사한 삶도 사라진다. 지금 홍민이가 가장 원하는 것이 축구이고, 오늘보다 내일 그것을 조금 더 잘했으면 하고 바라고 있기에 우리는 부모로서 곁에서 그것을 도울 뿐이다. 지금 이 순간 그것이 손흥민이라는 한 인간의 행복이니까. 홍민이는 축구를 통해 삶을 배우고 삶을 살고 있으니까. 그러나 축구가 더 이상 행복의 원천이 아니라면 미련 둘 것이 없다. 아무리 최절정의 상태에 있더라도 이제 축구가 재미없다면? 나에게 의견을 묻는다면? 내 답은 간단하다.

"오케이!"

사람들이 궁금해하는 것 중 하나가 흥윤이와 흥민이가 함께 축구를 했는데 흥윤이가 부상으로 이른 은퇴를 결정하고 흥민이는 축구판 안에서 큰 인정을 받을 때 가족 안에서 갈등이 없었느냐는 것이다. 그런 질문을 받으면 나는 망설임 없이 대답한다.

"두 형제간에 머리를 비교하면 둘 다 망하지만, 두 아이가 지닌 개성을 비교하면 둘 다 성공한다는 말이 있다. 나는 그 말을 믿는다. 우리 아이들은 각각의 개성이 뚜렷하다. 어릴 때도 그렇고 지금도 그렇다. 이건 우리 아이들만 그런 건 아니라고 생각한다. 사람의 모양은 다 제각각이다."

어린 흥윤이와 흥민이를 데리고 축구 훈련을 시작하면서 나는 이 두 아이의 관계를 살폈다. 이 두 아이는 가장 가까운 피붙이 형제이지만 가장 날카로운 맞수가 될 수 있다. 그러나 흥민이는 어릴 때 형이 제일 좋은 협력자였다고 고백했다. 프로선수로 살면서 힘들거나 어려울 때면 흥민이는 아직도 형에게 전화해 흉금을 털어놓는다. 흥윤이가 없었다면 흥민이 혼자 그 고된 훈련을 견뎌낼 수 있었을지 솔직히 의문이다. 나는 이 두 아이에게 늘 감사한다. 두 아이가 서로 의지할 수 있는 관계가 된 것은 커다란 축복이었다.

부모로서 두 아이가 얼마나 다른 존재인지 일찌감치 알 수밖에 없었다. 볼리프팅 훈련을 반복하는 모습만 봐도 서로 다른 개성을 쉽게 발견할 수 있었다. 맏이 홍윤이는 내가 시키는 대로 정석대로 하는 아이였고 자기 주관과 고집이 무척 셌다. 내 판박이 같았다. 하지만 둘째 홍민이는 요령도 있고 꾀도 있었다. 두 아이의 나이 차이가 있어서 그랬는지 모르지만, 내 말을 받아들이는 것도 홍윤이가 훨씬 진지했다. 맏이가 더 부담을 갖는 것처럼 보였다면 둘째 홍민이는 상대적으로 여유롭게 즐기는 느낌이 들었다.

아이들은 네모 세모 제각기 다 다르게 생겼다. 그런데 우리 부모들은 간혹 이상한 욕심을 부린다. 자기가 원하는 모양이 동그라미라고 네모가 되고 싶어 하는 아이를 동그랗게 만들려고 한다. 그런 무리수를 두다가 부모도 상처 입고 자식도 상처 입는다.

축구선수로 대성하지 않았다 하더라도 홍윤이는 자신의 삶을 사랑하고 아끼는 사람으로 성장했다. 가정을 꾸리고 축구를 즐기면서 축구 지도자로서의 삶을 산다. 사람은 저마다 다르다. 각자가 다른 개성을 지녔다. 김용택 시인의 말을 기억해본다.

"나무는 정면이 없다. 바라보는 쪽이 정면이다. 나무는 경계가 없다. 모든 것이 넘나든다. 나무는 볼 때마다 완성되어 있고, 볼 때마다 다르다."

아이들은 그렇게 한 그루, 한 그루의 나무다.

운동장에서 피어나는 꿈

내가 선수로 뛸 때는 정말 축구의 '축'자도 모르던 시절이었다. 다니지도 않던 교회 소속으로 대회에 나간 순간부터 똥인지 된장인지 구분할 줄도 모르면서 축구선수입네 하고 살았다. 중학교 가고 고등학교 가고 대학교에 잠깐 머물다 상무 소속이 됐다가 프로선수 시절을 짧게 보낸 후 은퇴할 때까지. 나는 제대로 된 축구선수가 아니었다. 이제 조금씩 축구를 알아가면서 부끄러움이 커지는 이유이다.

그래서였다. 축구장을 만들고 싶었던 이유가 거기에 있었다. 축구를 하고 싶어 하는 아이들에게 축구가 뭔지를 먼저 알려주고 차근차근 기본기부터 쌓아가도록 안내하고 싶었다. 이 아이들이 성인이 됐을 때 자기가 원하는 만큼 실력을 발휘할 수 있도록. 과정의 생략도 없이, 하루아침에 이루어진다는 거짓 속성 과정도 없이, 충실한 과정을 겪어내고 선수로 성장시키고 싶었다. 흥민이에게 이 뜻을 전했고 흥민이도 나의 이런 마음에 동의했다. 우리 부자는 비가 오나 눈이 오나 마음껏 운동할 수 있는 운동장이 절실했던 시간을 보냈다. 아이들이 다치지 않고 제대로 배울 수 있는 공간을 만들어주는 건 무엇보다 보람 있는 일이었다. 사람들은 우리에게 미친 거 아니냐는 소리까지 했다. 건물 사고 집 사고 차 사고 편안하게 살면 되는데 굳이 큰돈을 들여가며 힘든 일을 벌이느냐고. 하지만 어렵게 축구 하는 아이들에게 우리가 작은 기회를 줄 수 있다면, 그걸로 만족했다.

"이 돈으로 빌딩을 사면 넌 더 많은 돈을 가질 수 있겠지만, 이 돈으로 운동장을 세우면 앞으로 아이들이 이곳에서 축구를 배울 것이다. 우리가 대한민국 축구의 미래를 위해 할 수 있는 일이 이것이지 않을까."

흥민이에게 긴 설명은 필요하지 않았다. 춘천에 유소년 축구 육성 시설을 설립한 배경에는 지난 시간 우리의 간절함이 있었다. 우리 다음 세대는 조금이라도 나은 환경에서 축구를 배울 수 있길 바라는 마음. 우리가 받은 삶의 기회와 은혜에 조금이나마 보답하는 마음.

내가 하는 일들은 돈을 위해 하는 일이 아니다. 아이들, 한국 축구의 미래를 만들기 위해 하는 일들이다. 그렇다고 숭고한 뜻이 있는 것은 아니다. 그저 내가 좋아서 하는 일들이다. 돈은 중요하다.

하지만 돈이 첫째가 될 수는 없다. 돈이 첫째가 되면 타협해야 할 일들이 생긴다. 하지만 돈을 조금 뒤로 밀어놓으면, 그 어떤 일도 내 뜻에 맞게 밀어붙일 수 있다.

필요는 창조를 만든다. 평생 지녔던 운동장에 대한 아쉬움은 새로 만드는 운동장에서 빛을 발했다. 고생했던 시간도 다 쓸모가 있다. 먼저, 아이들이 흙바닥에서 공을 차다 다치는 일은 없게 하고 싶었다. 흥민이를 훈련시키면서 눈이 오면 며칠 동안 바닥이 질척거려 운동을 할 수 없기에 눈이 내리면 쓸어내기 바빴다. 장마철에는 운동을 할 수 있는 체육관을 찾아 헤맸다. 작지만 돔경기장은 꼭 필요하다고 생각했다. 야외 구장에서는 아이들이 더울까봐 양쪽에서 물이 분수처럼 쏟아지게 만들었고, 계단 높이를 각기 다르게 만들어 아이들 하체 근력 훈련을 할 수 있도록 했다.

아이들이 운동에만 집중할 수 있도록 돕고 싶었다. 축구에 반쯤 미쳐 있는 나로서는 무엇을 봐도 축구만 떠올랐다. 영화 한 편을 봐도 스크린 안을 가득 채우는 자동차 레이싱 경기장이 축구장으로 보이곤 했다. '아, 저기 축구장 하면 정말 멋지겠다'라는 감탄만 나왔다. 비행기가 이착륙할 때 창공에서 아래를 내려다볼 때면 축구 경기장 하나 들어섰으면 좋을 평야만 눈에 들어왔다. 새벽 훈련, 오후 훈련, 밤 훈련, 매일 세 번씩 훈련을 하던 어린 시절부터 운동을 마음껏 할 수 있는 운동장에 대한 염원은 말로 형용할 수 없을 정도로 컸다.

그간 내 아이들을 가르치는 동시에 지역 아이들의 축구를 지도해왔다. 그것이 유소년 축구센터 '손축구아카데미'의 원천이었다. 손축구아카데미를 열어놓은 후에 흥민이 이름 덕분인지 이런저런 소문을 듣고 외지에서 찾아오는 부모님들도 꽤 많았다. 테스트를 받으러 오면 사실 나는 많은 것을 보지 않는다. 아이들을 두고 '자질'과 '성공' 얘기는 할 수가 없다. 아이들을 두고 그 관점으로 논할 수가 없다. 좁은 공간에 장애물 두세 개를 놓고 어떻게 두뇌회전을 하고 어떻게 반응하고 어떻게 움직이는지 정도만 살펴본다. 얼마나 유연하고 융통성 있게 움직이는지, 어떻게 공을 대하는지 정도만 살핀다. 모르는 사람이 보면 "뭐야, 무슨 테스트가 이래?" 할지도 모르겠다.

우리가 가르치겠다는 것은 '0'이라는 수를 가진 아이들이다. 이미 공을 다룰 줄 알고 공을 찰 줄 아는 아이라면 우리가 가르칠 것이 없다. 이미 그림이 잔뜩 그려져 있는데 그것을 싹 다 지우고 새로운 그림을 다시 그리는 것은 위험부담이 큰 일이다. 우리는 걸음마부터 하나하나 축구를 배우고 싶은 아이들이 오는 곳이다. 성적 위주의 축구가 아닌 다른 방식의 축구를 ABC부터 배우고 싶은 아이들이 택하는 곳이다.

선수 한 명을 기르는 데는 내 기준으로는 15년 이상이 걸린다. 10년을 해서는 기본기밖에 하지 못한다. 그 후 근력운동, 슈팅 훈런까지 하려면 최소 15년이다. 배우고 싶다는 아이들의 의지, 묵묵한 조력자가 되겠다는 부모의 의지가 중요하다. 아무리 아이가 몸이 좋고 실력이 좋아도 훈련받으러 와서 부모에게 예의 없이 행동하거나 응석을 부리면 가차 없다. 부모 역시 훈련하는 아이들의 영역을 지나치게 간섭하고 침범하면 가차 없다. 의사가 환자에게 문진하고 진찰을 하기 이전에 시진을 하는 것처럼, 먼저 아이들과 부모의 일상적인 언행을 살핀다. 우리 훈련은 지구력이 필요하다. 부모, 아이의 의지와 가치관이 교육 기관과 맞지 않으면 어차피 서로 함께할 시간이 길지 않다.

그렇게 3~4년 훈련을 하다 보면 들썩들썩하는 분들이 생긴다. 아이가 조금 실력이 늘고 가능성이 보이면 밖으로 나가 아이가 성적을 내는 모습을 세상에 보이고 싶은 것이다. 안타깝지만 어쩔 수 없다. "나가는 문은 항상 열려 있습니다"라고 말할 뿐이다. 이 말은 진심이다. 여기에 들어오는 것은 힘들 수 있어도 나가는 문은 365일 24시간 열려 있다. 나는 단 한 명의 선수만 남는다 하더라도 훈련할 것이다.

축구를 잘하게 된다는 것은 어려운 일이다. 절대 쉬운 일이 아니다. 그런데 사람들은 아이가 축구를 좋아하고 공도 곧잘 차는 것 같다 싶으면 미리부터 재능과 성공을 거론한다. 나는 여기에 커다란 함정이 있다고 본다.

축구를 통해 얼마나 행복한 삶을 살 수 있느냐는
몇 경기 이기는 것보다 천 배는 더 중요한 문제다.
승패를 떠나 축구의 맛을 느낄 수 있느냐가 핵심이다.

그런 태도가 내면화돼야 한다. 그런 측면에서 보면 먼저 재능과 성공을 운운하는 것은 앞뒤가 뒤바뀐 이야기다. 축구를 대하는 태도, 삶을 대하는 태도가 먼저다.

나는 아이들이 축구를 대하는 마음이 굳고 곧았으면 한다. 자신을 긍정할 줄 아는 사람으로, 타인을 배려하고 살필 줄 아는 사람으로 자랐으면 한다. 내가 할 줄 아는 게 축구밖에 없으니, 축구를 정말 좋아하는 아이들이 좋은 환경에서 축구를 하면서 행복을 느꼈으면 좋겠다.

패배를 끌어안는 힘도 배우고,
실패를 딛고 일어날 힘도 키우고,
다른 사람의 아픔도 내 아픔처럼 생각할 줄 아는
그런 '사람'으로 자라게 하고 싶다.

제로부터 다시 시작하는 삶

우리는 무엇을 위해 사는가. 돈을 위해서 일을 하는가, 내 존재를 위해서 일을 하는가. 한 번 왔다 가는 인생이고 쏜 화살처럼 눈앞에서 스쳐 지나가는 짧은 인생인데 내 스스로를 착취하는 삶을 살아야 하겠는가. 길을 가다 바삐 움직이는 사람들을 볼 때면 생각한다. 저들의 움직임은 무엇을 위한 움직임일까. 돈일까 행복일까 욕망일까 건강일까 즐거움일까……. 그리고 생각한다. 지금 나의 움직임은 무엇을 위한 움직임일까?

나는 무엇에 가치를 두고 사는가 생각해보니, 자기애로 똘똘 뭉친 사람이었군, 하는 생각이 절로 들어 혼자 슬며시 웃었다. 나는 내 몸에 가치를 두고 살아왔다. 건강한 몸. 나이 들어도 움직일 수 있어 내가 가고 싶은 곳에 가고, 하고 싶은 일을 하며 살 수 있는 몸. 건강하고 자유로운 삶.

신외무물身外無物. 나이가 들수록 '몸 외에는 아무것도 없다'는 이 말이 예사로 들리지 않는다. 그런데 사람들을 관찰해보면 부와 명예, 권력에 많은 가치를 두는 것처럼 보인다. 자기 몸은 어떻게 되든, 자기가 사는 공간은 어떻게 되든, 자기 자신과 먼 것들을 추구하며 사는 이들이 많아 보인다.

이십 대 때 치열하게 살아야 삼십 대 때 빛나게 살 수 있고 삼십 대 때 치열하게 살아야 사십 대 때 빛나게 살 수 있다. 누구나 추레한 노인이 되고 싶어 하지는 않는다. 몸 건강하게 품위 있는 노인이 되고 싶다고 하지만 나이가 든다고 갑자기 존경받는 노인이 되는 것은 아니다. 젊은 시절부터 준비가 필요하다.

최근 몇 년간 노후에 관한 책들을 꾸준히 읽고 있다. 연세 드신 분들을 보면 그냥 지나치지 않고 관찰한다. 내가 더 나이가 들어 어떤 노인이 될지 배울 건 배우고 반면교사 삼을 부분 역시 기억해둔다. 자식들에게 의지하지 않고 타인에게 간섭 받지 않으면서 자유로운 나만의 삶을 살 수 있도록.

몇 가지 노력하는 부분들이 있다.

첫째, 매일 운동한다.

둘째, 매일 책을 읽는다.

셋째, 내 몸과 마음을 깨끗이 정돈하고 살핀다.

호기심과 열정 또한 중요하다. 나이 들었다고 호기심과 열정까지 버리면 안 된다. 늙은 사람이 무슨 에너지로 호기심과 열정까지 챙기느냐 하겠지만, 나이가 들어서 열정이 없는 것이 아니라 열정이 없어서 나이가 드는 것이고, 아파서 못 걷는 게 아니라 걷지 않아서 아픈 것이다. 핑계 대는 순간 할 수 있는 일은 점점 더 사라진다.

나이가 먹을수록 노력해야 하는 것들이 늘어난다. 해묵은 기성 세대가 되지 않기 위해서는 공부를 해야 한다. 두피 관리도 해야 하고 몸에서 냄새가 나지 않도록 조심해야 한다. 옷도 깔끔해야 하고 말도 조심해야 한다. 말수를 줄이고 목소리도 낮춰야 한다. 젊은 사람이라고 함부로 반말을 쓰면 안 되고 존칭하며 존중하며 양보해야 한다. 나는 소위 MZ 세대가 세상을 바꿀 세대라고 생각한다. 그 세대들이 하는 걸 유심히 관찰하고 배울 부분을 찾아 배운다. 젊은 사람들에게는 배울 점이 많다. 지난 세대와 다른 가치와 삶의 방식을 추구하는 이유가 무엇인지 생각하며 바라본다. 사람마다 보는 위치와 상황이 다르니 그들의 시선에서 세상을 바라보려 노력한다.

나이가 든다고 저절로 불혹不惑이 되고 지천명知天命이 되는 것이 아니다. 마음에 따르는 것이 아닌, 내 마음을 스스로 조종할 수 있도록 매일 마음을 들여다봐야 한다. 마음이 흔들리는 대로 따르지 말고 내가 주도권을 쥐고 내 마음의 흐름을 조종해야 한다. 온갖 유혹에도 흔들림 없이 평온한 마음을 위해.

이 모든 노력을 위해, 그 방도를 찾기 위해 나는 책을 본다. 모든 걸 극복할 수 있는 건 책이다. 결론은, 책이다. 독서는 다른 나라, 다른 세대, 다른 환경의 사람들과 대화를 나누는 것이다. 그보다 더 좋은 것이 어디 있을까. 독서는 아무리 강조해도 지나치지 않다. 책 읽을 시간이 없다는 사람, 운동할 시간이 없다는 사람이 많다. 게으른 사람은 떡집을 옆에 놓고도 굶어 죽는다.

지금도 영국으로 책이 배달 오는 날이 가장 설렌다. 읽을 책이 떨어지면 돈이 떨어진 것보다 허전하고 힘들다. 읽고 싶은 책들을 20, 30권씩 모아서 주문을 하고 한국에서 배송 오기를 기다린다. 읽을 책이 책장에 쌓이면 곡식 창고가 가득해지는 느낌이다. 읽을 게 이렇게 많다니! 나를 성장시키고 성숙시키고 변화시켜온 것은 바로 책이었다. 우리 인생을 바꿀 수 있는 힘이 있는 것이 책이다. 앞서 말했지만 책으로부터 받은 혜택이 너무도 많다.

종종 과거의 나와 지금의 나, 미래의 나를 살핀다. 내가 과거로 돌아가 그때의 나에게 해주고 싶은 말이 있다면 이것이다. 경제적으로 환경적으로 힘은 들었지만 그때 게으름 부리지 않고 성실하게 살면서 미래를 준비하고 계획했던 너의 삶은 잘 산 삶이었다고. 고맙다고. 이제 나는 제로라는 숫자에서 다시 노후를 설계하고 있다. 책을 통해서 미래가 나에게 어떤 모습으로 다가올지 매일 상상

한다. 의외의 기회, 꼼수를 바라기엔 세상이 녹록하지 않다는 것쯤은 이제 안다. 노력하고 준비하는 만큼 세상은 기회를 준다. 흥민이가 은퇴하면, 나는 내가 그간 쌓아둔 축구와 근력에 대한 경험과 훈련법으로 아이들을 지도하고, 여행을 다니겠다. 책을 보고 독서노트를 작성하며 스스로를 돌아보겠다. 허세 허풍 떨지 않고 녹슬지 않고 고인 물이 되지 않기 위한 나의 계획이다.

삶을 돌아보면,
늘 내겐 인생의 네 가지 목표이자 바람이 있었다.
첫째, 남에게 빚지며 살지 말자.
둘째, 살아 있으면서 이 세상에 폐를 안 끼치며 살 수는
없겠지만, 폐 끼치는 것을 최소화 하자.
셋째, 남에게 강요받지 않는 삶을 살자.
넷째, 남에게 조종당하지 않는 삶을 살자.

쓸데없는 일과 물건들로 에너지를 빼앗기지 않는 '단순한 삶', 가진 건 없어도 육체적으로 정신적으로 시간적으로 여유로운 '자유로운 삶', 다른 사람의 평가나 명예, 권력과는 무관한 '담박한 삶'.
　나는 항상 이러한 삶을 살고 싶고, 앞으로도 이러한 삶을 살겠다. 욕심을 내려놓고 힘을 빼려고 노력한다. 돈을 벌기 위해, 명예를 얻기 위해, 인정과 관심을 받기 위해 살지 않는다.

육체적으로 정신적으로

건강하고 자유롭고 행복한 삶.

이러한 삶을 살겠다.

©Jung-Yeon-Je/AFP

하루 세 번
나를 돌아보며

이제 제 이야기도 어느 정도 다 풀어낸 듯합니다. 아이들에게도 잘 말하지 않던 유년 시절의 이야기까지 담았습니다. 자랑스럽지도 않고, 때로는 부끄럽기도 한 이야기였기에 지금까지는 굳이 꺼낼 필요를 못 느끼고 살아왔습니다. 다만 저 자신을 돌아봄으로써 누군가에게 무언가 도움이 되는 일이 있다면 좋겠다는 바람입니다.

일일삼성—日三省. 하루에 세 번씩 자신을 돌아본다는 말처럼, 제 자신을 돌아보며 삶의 이치를 구하고 지혜를 얻고자 했습니다. 축구를 하면서 많은 것을 느꼈고 또 거기서 인생을 배웠습니다. 아이들에게 해주는 모든 말들도 축구를 하면서, 삶을 살면서 돌아보고 반성하며 익힌 것들이었습니다.

젊은 시절, 자주 생각하곤 했습니다. 우리가 맨몸으로 아무것도 모른 채 태어나는 것은 평생을 배우고 익히며 살라는 의미일 거라고 말이지요. 냉장고나 세탁기를 사면 으레 커다란 상자 안에 그 기계를 어떻게 사용하고, 어떤 걸 주의해야 하는지 안내해주는 지침서가 들어 있습니다. 하지만 사람이 날 때는 그런 게 없습니다. 어떻게 살아가고, 어떤 걸 주의해야 하는지 알려주는 지침서도 없이 세상에 나옵니다. 막막하게 그냥 세상에 던져집니다.

세상에 던져진 아이는 우연히 축구를 만나 지금에 이르게 되었습니다. 제 삶의 지침서는 다름 아닌 '축구'였습니다. 저는 늘 성공이 아닌 성숙을 목표로 하고 있습니다. 스핑크스의 수수께끼 우화에도 나오듯 인간은 두 발로만 사는 게 아닙니다. 두 발로 서기 전에는 네 발로 기고, 두 발로 걷다가도 지팡이를 짚고 세 발로 다니게 됩니다. 대낮에는 인간의 그림자가 가장 짧고 오후에는 다시 커지다가 밤에는 사라지게 됩니다. 아침, 점심, 저녁이 모두 다 있는 게 우리의 인생입니다. 어느 한때만을 보고 성공, 성취를 논할 수는 없습니다. 저도 흥민이도, 또 그 누구라 해도 인생의 긴 레이싱을 끝까지 힘차게 완주하는 것이 궁극의 성공이라고 봅니다. 그리고 그 과정을 즐기고 행복하게 보내는 자가 진정한 승리자이겠지요.

밀알은 썩어 싹을 틔우듯 그런 부모가 되고자 했습니다. 성장하는 아들들을 보며 감사하고 조심스러운 마음만 가득합니다. 제 삶의 궤적이 누군가에게 어떤 영향으로 다가갈지, 솔직히 짐작도 하지 못하겠습니다. 다만 이 책을 읽은 시간이 인생에서 낭비가 아니길 바랄 뿐입니다. 여러 사람의 도움으로 책을 마칠 수 있었습니다. 그분들의 노고에 감사드리며, 누군가에게 긍정적인 메시지가 한 줄이라도 가 닿기를 바랍니다.

모든 것은 기본에서 시작한다

1판 1쇄 발행 2021년 10월 15일 **1판 28쇄 발행** 2024년 7월 28일

지은이 손웅정
발행처 (주)수오서재 **발행인** 황은희, 장건태
책임편집 황은희 **편집** 최민화, 마선영, 박세연 **마케팅** 황혜란, 안혜인
디자인 행복한물고기 **제작** 제이오
주소 경기도 파주시 돌곶이길 170-2 (10883)
등록 2018년 10월 4일(제406-2018-000114호)
전화 031)955-9790 **팩스** 031)946-9796 **전자우편** info@suobooks.com
홈페이지 www.suobooks.com
ISBN 979-11-90382-50-2 03810

도서출판 수오서재守吾書齋는 내 마음의 중심을 지키는 책을 펴냅니다.